浮尘

庞文梓 著

作家出版社

一

宽敞的包厢流光溢彩，流动着热烈豪放的气氛。王超越走进去时，有点昏眩。旋即，他稳住了，适应了。不适应，他就该淘汰出局了。大圆餐桌的最下端，有一张椅子空着，当是留给王超越的了，大家让他坐时，他顺势坐下了。

王超越刚坐下，就看到了正面坐着的吴艳。吴艳面带微笑，朝着他点了点头。吴艳虽年过四旬，可保养得好，俊美的面色，柔和白净，看不到皱纹，一颦一笑，优雅而不失庄重，就是那种风韵犹存的风姿。

王超越站起来，快步走到吴艳跟前。王超越看出，吴艳略施粉黛，脸颊上呈现着淡妆。

吴艳站起来，浅浅地一笑，伸手握了握王超越的手。

仅仅看到吴艳的笑意，王超越就醉了。上高中时，她是他的暗恋对象。他不由自主地关注她、窥视她，想她想得夜不能寐。多少年后，同学们在一起时，常常说这个暗恋那个，那个暗恋这个，可是，对县长，就不能说这话了。县长这官不大，在古时叫七品芝麻官，不过，如今的县长，已是一路诸侯，跟随者众，能呼风唤雨，能改变人的命运，在那一方水土有着至高无上的尊严。王超越想开两句玩笑都不敢了。

武德雄坐在吴艳的左边。武德雄身上穿着崭新的深蓝色西服，白色衬衣，系着红色领带，彰显出不同凡响的地位与尊严。同学中，武德雄的职位最显赫，每次同学聚餐，不管是谁做东，他都坐上首。除了他，同学里混得最好的，是县长，县长吴艳在外地工作，十年八年见不上一回。武德雄官当大了，谁跟前都收不住气势，能在同学跟前收敛住吗？

吴艳的右侧坐着陈扬。陈扬是市审计局的副局长，也算有头有脸的人，有官员的气派，可尚未有官员的盛气溢出。

同学聚餐，座位也按官位大小排，先正副领导后科长副科长，再后边是科员或老百姓。在重大场合，一直严格按这个规矩排座次。一般饭局，除了武德雄，其他人都是随意找座位。今天请外地回来的同学县长吃饭，应是重大场合，座次就有讲究了。武德雄的正处级的任职时间比吴艳长，又是做东的人，又是同学中最有权力的人，自然要坐上首，可是他却选择坐在了正中间的吴艳身边。以往，与正处级领导一起聚餐，不管是县委书记还是县长，武德雄都会当仁不让地坐在上首。今天他把上首位置让给了吴艳，王超越感到有点奇怪。

王超越没有与别的同学握手。都在一个城市工作，用不着客气。王超越回过身，坐在了属于自己的位置上。他身边坐着常旺宁。

常旺宁打量了一眼王超越,坏笑着说:"你经常与我为伴,怎么在官场混啊?"

王超越也笑着说:"像你一样混呗。"王超越说是这么说,可心里总像有沙子在磨蹭,不舒服。

常旺宁笑哈哈地说:"要混我这么个名声,不容易。"

常旺宁从警二十多年了,可是每次出去执行任务,不管是几个人,都是人家领导他,他从来没有领导过别人。不过,他的派头不小,在现场,他总是吆五喝六,指指点点,仿佛他就是现场最大的领导。只要有人求他办事,不管能不能办,办成办不成,他都大包大揽。人家给他送烟送酒请他吃请他喝,他从不推辞。他天天在外边吃饭喝酒,混迹在歌厅酒吧。有时妻子打过来电话骂他,他柔和地说不要这样啊,我回来好好地侍候你呀。不知他回到家里怎么哄妻子侍候妻子,反正第二天他照样跑到外面吃喝玩乐。同学们都叫他混世魔王。王超越是个遵规守矩的人,当然混不出常旺宁的名声。

王超越坐定后,武德雄站起来,彬彬有礼地说:"欢迎吴县长的光临。我们首先敬吴县长一杯。"

大家端起酒杯,站起来,纷纷与吴艳碰杯。吴艳喝尽酒杯里的酒,坐下后,笑着说:

"同学见面,不要搞得这么正式了。"

武德雄说:"只有搞正式了,才能说明对吴县长的重视。"

武德雄内心里盛满了嚣张的气焰,可不管在什么场合,待人接物松弛有度,拿捏得不错,不怎么惹人讨厌,甚至还有很多人喜欢他的这种待人处事风格。同学们都说,武德雄这样的人不当领导,那才真叫埋没人才了。

吴艳笑着说:"那也不能一口一声地叫县长哟,都是同学。"

武德雄说:"我们担心,你听惯了人家叫县长,突然有人叫名字,心里感到不舒服。"

吴艳还是笑着说:"你一个搞金融工作的,对官场之道还是蛮有研究的。"

王超越接着说:"金融界的官员,也是官员呀。"

武德雄朝王超越笑了笑,说:"吴县长,王超越来得迟,还没介绍过自己。他在市统计局上班。职务嘛,还是个副的。不过,也快转正了,在一个位置上都坐了十几年了。"武德雄没好意思说得太明。

王超越满不在乎地说:"转个甚哩。"

吴艳说:"当个副职,也挺好的。当正职,要操心,压力大。"

王超越笑着说:"甚正职副职,我只是个副科长,离副职差远了。你看陈扬是审计局的副局长,副职,我都和他隔着这么远。"王超越说着用手指着对面的陈扬。

冷幽默,大家都淡淡地笑了。多数人对按官位排座次心怀不满,不过,谁都无力改变,只能睁一只眼闭一只眼地承受。

吴艳有些惊讶,说:"王超越是我们班上的高才生,人品能力也不错呀。怎么搞的?"

王超越说:"咱没本事,遇上个科长比咱还没本事。他不挪动位置,我自然上不去。"

吴艳说:"局里边的人事调整,都是全局考虑的,不能按科室来调整。"

武德雄说:"对。我认为王超越上不去,是和领导的关系没处好。"

常旺宁以嘲弄的口吻说:"没钱,就很难和领导往好处。"

吴艳笑着说:"身边就有银行的行长,怎么能没钱呢?"

陈扬揶揄道:"武行长考虑国家大事考虑得多,考虑个人的事考虑得少。同学们要贷两个钱,难。不过,放在项目上,十亿八亿都不是问题。"

前几天,陈扬的外甥要搞一个项目,贷五百万块钱,陈扬找过武德雄,武德雄没答应。陈扬明白了,自己的面子不是五百万的面子,对武德雄有看法了。

陈扬身在官场,也属同学中的佼佼者,武德雄对陈扬的说话态度尚且温和。他无奈地说:"对呀,书记张口了,市长张口了,县长张口了,我哪个能不考虑?而款项却有限。这就叫粥少僧多呀。"

常旺宁油腔滑调地说:"还有那些大老板,也要考虑。兴峰县的高延兵,就听说在你们行里贷了几十个亿。"

武德雄说:"对,高延兵这人了不得。他和省行里的领导都很熟。"

常旺宁讥讽道:"看来,我们要贷点款,还得和省行的领导往熟里混。靠你武行长是靠不上了。"一直以来,在场的人,只有陈扬和常旺宁敢调侃武德雄几句。

陈扬适时地笑了笑，端起酒杯，说："闲话少说。我敬县长一杯。"

同学挨个儿向吴艳敬酒的程序开始了。吴艳毕竟也在官场历练了多年，酒量还行。同学们每人向她敬一杯酒，她没推让，喝了。

敬酒后，重新坐好叙话，吴艳说："我今年回来，看到大漠的变化太大了。国际大酒店一座挨着一座，豪车满街跑，广场一个比一个有气势，新城的街道宽阔，绿化带建得漂亮。老百姓哪，好像人人都有了钱，请客送礼，出手大方，一掷千金。这几天，那些亲戚朋友请我吃饭，都请在了高档国际酒店，饭菜蛮贵的。"

武德雄说："要在高档酒店吃饭，还得提前两天预订。我们单位是恒泰国际酒店的定点客户。可是，今天咱们没有提前预订，他们只给了个小包间。那也是给我面子了。"

王超越这才明白，武德雄为甚把设宴的地点从恒泰国际酒店，换在了郊区。今天是周末，车流大，塞车，又不好打的，为了见梦中的情人，他最后是坐摩的赶过来的。

吴艳感叹道："都说南方的钱多，我看，和大漠相比，还是差远了。我都想在大漠搞投资了。"

王超越说："谁不想投资？手上没闲钱呀。"

常旺宁向武德雄说："武行长，我们这些同学，鞍前马后地侍候了你多少年，抬举了你多少年，你也该表示一下了。"

常旺宁说得明白，就是想在农行贷点款。贷款利息是六七厘，可放在小额贷款公司，或者投资在煤矿上，最低的月息是二分，二分五、三分的利息也是屡见不鲜。常旺宁找过武德雄，武德雄没开口子。武德雄说，在大漠的高中初中同学有几十个，都要贷款搞投资，他照顾不来，他只能一视同仁。

武德雄不屑地说："靠你们抬举，我早就饿成一把骨头了。"

常旺宁不高兴地说："我们要是当了大官，也用得着天天给你当配角吗？"

王超越对武德雄的说法有成见，不过，先笑了笑，才表现对武德雄的不满情绪："你那些车子出了交通事故，哪回不是常旺宁协调处理的？他只有那种能耐抬举你。我们这些人，连那点儿能耐都没有，想抬举都抬举不上。"

武德雄总在同学面前显摆，可同学找上门，从来不为同学们办一点儿实事，大不了就叫几个亲近的同学聚一顿餐。同学都有看法，但不敢正面说。山不转水还转，遇到麻烦事了，找有权势的同学，总比找外人强。尽管武德雄在同学面前是一副颐指气使的样子，但大家都让着他。今天又一个重量级的同学来了，大家都想把怨言说出来。

常旺宁自嘲地说："想跑前跑后的人多了去了，让我跑前跑后，也是看得起我。"

武德雄一看大家都有情绪，当着美女县长口诛笔伐，有失尊严，急忙表了个态："今天在场的同学，我给你们每个人都贷一百万，搞投资。不过，要有抵押，手续要正规。"

大家听武德雄这么说，都惊呆了，从来都没见过武德雄对同学这么大方过、痛快过。接着同学们都拍起了手。

其实，武德雄法外开恩，还有另一个原因：有事要求吴艳。在吴艳面前不能失信失风度，更不能失人心，他要给吴艳留下侠肝义胆的好印象。武德雄说："有美女县长为你们说话，我就在你们手上栽一回。"

武德雄给同学的面子给足了，饭局的气氛顿时活跃热烈起来，大家纷纷站起来向武德雄敬酒。

二

刮了几天风，天空灰漠漠的，让人心里发毛，王超越感觉到什么事都不顺畅。骑自行车逆风骑不动，顺风又被风刮得把握不住方向，想快的时候快不起来，想慢的时候慢不下来，不是东倒就是西歪。风停下来，天地变了颜色，道路通畅，心里顺畅，骑上自行车，自行车也可以任意驱使了。王超越骑着自行车，悠悠地，到了正德街的尽头。

正德街是条小街，街面上大都是二层的楼房，原是住宅楼，每套楼房有二十来米宽，深浅是十米，上下面积就是二百平方米。大漠的经济繁荣了，做生意的人越来越多，门市租赁费涨了几倍，住宅楼的一层毫无例外地改成了门市。

王超越下了自行车，把自行车支架支起来，连锁子都没锁。名噪一时的飞鸽牌男式自行车，已经老旧了。这种自行车除了有些拾荒的人会顺手牵羊地牵走，不会有人专门偷，放在门市前和放在家里一样，用不着担心。王超越走进了大漠润泽丰小额贷款公司的门市。门市是新装修的，崭新清洁，可是没有顾客，只有两名女营业员。两名女营业员看到有顾客进了门，都站起来，侧身面对着王超越，笑意盈盈。王超越摆了摆手，示意自己不办业务。王超越掏出手机，打通了电话：

"常旺宁，我到了大漠润泽丰小额贷款公司的门市里，连你的鬼影子都没看见。"常旺宁昨天晚上给他打电话，叫他今天早上到正德街的大漠润泽丰小额贷款公司的门市上来一趟。他问什么事，常旺宁说见面再说。

常旺宁在电话中说："马上就能看到了。"

常旺宁刚挂断电话，不到三十秒钟，就从大厅侧面的小门里走了出来，像变戏法似的。常旺宁身穿蓝色西服白色衬衣，领子上扎着红领带，脚蹬油光锃亮的黑皮鞋，显得一本正经。看到常旺宁这身行头，王超越愣住了。在王超越的印象里，常旺宁一年四季，总是穿着警服，浑身上下透露出流里流气的痞子气息。眼前的常旺宁，除了面孔，浑身上下没有一点儿以前的常旺宁的迹象。

常旺宁彬彬有礼地伸出右手，略微弯下腰，说："请。进吧。"

王超越盯了常旺宁一眼，想调侃两句，又想不能上门就说风凉话，就皮笑肉不笑地笑了笑，进了侧门。

这是一间办公室，虽不宽敞，不过还蛮像一回事：大办公桌，大转椅，还有接待客人的沙发茶几。桌面上摆着一台电脑，放着笔筒，台历架上竖着一面国旗。

坐在沙发上，王超越就明白，常旺宁把自己包装成老板或者是领导了。士别三日，应刮目相看了。不过，常旺宁的这种包装，总让人感觉到不踏实，好像在华丽的包装里包藏着祸心。这样看待同学是不对的，王超越摇摇头，笑着说：

"你常旺宁终于改头换面了。"

常旺宁理直气壮地说："那当然。"

两人坐下后，王超越问："你怎么就成了老板？是不是你的两个哥哥把你引出来的？"

王超越晓得，常旺宁的两个哥哥都在做生意，也是有上亿资产的大老板。

常旺宁不满地说："他们只顾自己挣钱，哪顾得上管我。"随后，常旺宁问："你认识不认识田仕成？"

田仕成是大漠有名的房地产商，大名鼎鼎。有关田仕成的故事，流传得很多，最让人感动的，就是励志事迹。田仕成十八岁进城打工，那时的工资低，一天最多挣两块钱，但也是一笔不菲的收入，因为当时干部的月工资，一般都在四十块左右。田仕成先当小工，再当小工头，再当小包工头，再当包工头，就这么一路走来，成了大老板。

王超越说："听说过名字，但没见过人身。"

常旺宁说："这人是有十来个亿的房地产开发商。他用他的房地产做抵押，由我出面贷款，在工商银行贷了一千万，我们两人合伙办起了小额贷款公司。田仕成占着百分之六十的股份，当董事长；我占了百分之四十的股份，当总经理。"

常旺宁得意地向后靠了靠身子，跷起二郎腿，脸上是满满的笑意。

财富能改变人的包装，连气质也能改变？王超越感到诧异。以往常旺宁歪戴帽子斜穿衣，说话粗鲁野蛮，没有把谁放在眼里，一副我就是我的样子。一个多月没见，常旺宁变成了文质彬彬的老板。

王超越问："你怎么巴结上了田仕成？"

常旺宁不满地瞪了王超越一眼，说："什么巴结？你会不会说话？"随后，他又得意地说，"我们是机缘巧合。"

接着，他讲述了认识田仕成的过程，证明自己并没有巴结田仕成。

那天，常旺宁开着警车到郊外的小镇子上买土鸡。他常常把警车当私家车开。他在路边停好车后，走在街道上，遇到了一辆缓慢开过来的卡宴越野车。常旺宁一时心血来潮，拦停了卡宴越野车。他喜欢拦截豪车。看着那些大款向他说好话，就觉得过瘾。司机降下玻璃窗，有点不耐烦地看了他一眼。他恼火了，司机不把交警放在眼里，也太猖狂了！他专爱治猖狂的司机。不怕县官就怕现管，司机就是他现管的对象。他心里打定主意要治治司机。他要司机拿出驾驶证。司机找出了驾驶证，递过来。突然，常旺宁闻到了一股酒味。他靠近司机闻了闻。没错，酒味是从司机身上散发出来的。接着，他弯下腰看了一眼副驾驶座上的中年人。中年人朝他友好地笑了笑。他觉得中年人有些面熟，但记不清在哪里见过面。他没有理睬中年人，站直身子对司机说：

"同志，你喝酒了，请下车。"

司机一下慌了神，傲慢的气势顿时不见了，浑身上下都萎缩了，急忙说："今天没有喝酒。"

常旺宁说："走，到医院抽血化验，如果你没有喝酒，就会放你走。"

中年人笑着说："警官，他是昨天晚上喝了一点儿酒。本来，我是不让他开车的，他说没事，我想昨天晚上喝了酒，今天开车也不会有什么事，我们就出来了。请高抬贵手。"

常旺宁没再吭声，拿着司机的驾驶证，掉头就走了。中年人急忙下车跟过来了。司机将车停在路边，下车跑过来了，还讨好地叫了一声中年人"田总"。

常旺宁明白此人是谁了，因为他不止一次地在电视上看过田总的身影。三人到了警车跟前，司机向常旺宁说：

"警官，请你放我们一马。"

常旺宁一本正经地说："你喝了酒，为了对你们和别人的生命负责，我不能放走你们。"

田总说："警官，驾驶证可以扣，车你就别扣了，我打电话再叫一个司机过来，好不好？我真的有点急事。"

常旺宁故意看了一眼田总，田总朝他讨好地笑着。他以不相信的口吻问："你们真的有急事？"

田总诚恳地说："真的。"

常旺宁又问："你们是哪个单位的？"

司机想说什么,刚张了张口,准备说话,却被田总瞪了一眼,没敢吭声。

常旺宁又问:"你们到哪里去?"

司机说:"沙子滩。"

常旺宁说:"沙子滩离这里只有二十来里路,不远。这样吧,我前边走,你们跟在我后边,我送送你们。"

田总感激地说:"太谢谢警官了。"

常旺宁说:"不用谢。我一个人执勤,好说话,人多了,就不好处理了。"

常旺宁真的一路护送田总的车到了目的地。田总送了他一张名片,并要了他的手机号码。第二天,田总就宴请了他。俩人从此成了好朋友。

常旺宁叙述罢他和田仕成的交往后,斜过身子,拿起茶几上的中华牌香烟,抽出一支,然后点燃了,开始吞云吐雾,以往的习惯,渐渐地显露。

常旺宁一边吸烟一边说:"这田仕成为人不错,也讲江湖义气。他知道我有个当老板的梦想,就和我合伙开了小额贷款公司。"

王超越笑着说:"你真是遇到了贵人。不声不响,就做了这么一件大事。"

常旺宁得意地说:"对,你算说对了。这田总就是我的贵人。公司成立之日,本来想叫同学朋友们热闹一番,顺便拉一下客户,又怕来宾送贺礼,说我们想借机捞一把,所以开业庆典活动只请了几个相关的官员剪了下彩,拍了合影照,就完事了,吃饭还没凑够一桌。如今这世道的男人,要么有钱,要么有权,没权没钱的男人,活得没尊严。我们也要抢抢武德雄的风头了,不能总让他在咱们面前摆谱。"

王超越不相信地问:"你已经算有钱人了?"

常旺宁毫不客气地说:"算。有很多人都把钱放在了我们小额贷款公司,我现在手中的资金越来越多。"

王超越以讥笑的口吻说:"你现在成了大老板,有尊严了。"

"没错。"常旺宁信誓旦旦地说,"我一定要做大做强。谁还再看武德雄的眉高眼低。你在农行的款贷下来了没有?"

"没有。今天到这里坐一坐,就顺路过去找武德雄。你呢?"

"他那点款?"常旺宁不屑地哼了一声。

王超越问:"那你不打算在武德雄那里贷款了?"

"贷。他给同学们都答应了,怎么能不贷。好不容易他答应了这么一回,我怎么能放过。我原先是想在他那里贷一千万,不是一百万,他没答应。你要是把款贷下来,就投放在我这里,我给你二分五的利息。"

"你贷的款,又往哪里投资?"

"我们再给大老板放出去。房子大涨价,煤炭大涨价,大老板都想抓住这个发展机遇,争着抢着买地皮买煤矿。资金周转不过来,他们就到处融资。向小额贷款公司贷款,也是融资的一种方式。他们一般都是二分五到三分的利息贷款。"

"那你给我二分五的利息,就不赚钱了。"

常旺宁哈哈一笑:"你我是甚关系?咱们这关系,我还能在你身上赚钱?凑个数,不赔钱就行了。再说,公司的账面越大,就说明我们公司的运营情况越好。我要将我们的公司,办成全市最好的贷款公司。我将会成为一个新型的民营银行行长,将拥有无数亿的资产。你说牛不牛?牛吧?"

包装起来的常旺宁,说大话不断头的那个常旺宁,好像把包装撕开了。王超越不想听了,起身告辞。

常旺宁急忙招招手,不高兴地说:"你忙甚哩。我今天找你来,是有重要事的。"

王超越又坐下了。

常旺宁吐了一口烟,才说:"我们小额贷款公司需要一名会计,我首先想到了你。你是搞统计业务的,有会计证,当会计肯定不存在问题。月薪六千块钱,不算太多,也不算少。"

王超越问:"兼职?"

常旺宁说:"当然。我都是兼职,还能让你脱离本职工作?我们的业务量不大。你每星期到公司走上两趟,星期天来也行。做账的业务嘛,什么时间做、哪里做都可以。"

王超越一口答应了:"行。"这又不是正式的工作,就是一分钱不挣,同学开口了,要他帮一段时间的忙,他也不能拒绝。常旺宁买私家车买得早,也常开着警车,他没少坐过常旺宁的车。

两人又说了几句闲话,王超越再次告辞。这次,常旺宁没有挽留王超越。王超越处事谨慎,又熟悉会计业务,是小额贷款公司的会计不二人选。能把王超越请来当会计,他就放心了。同学们都信任王超越，可不信任他。他怕王超越拒绝给小额贷款公司当会计，想好了一堆的动听的说辞。没想到，王超越答应得这么痛快。

王超越骑上自行车，离开正德街，来到了市农行大门口。

大门上的保安，挡住了王超越，气势汹汹地质问道：

"你找谁？"

王超越说："武德雄。"

保安斜着眼上下打量了几眼王超越，然后说："大名小号地乱叫，没有一点儿礼貌。"接着他又嘟囔了一句，"等一等。"

保安没说明为什么要等一等，没再多看一眼王超越。在保安的眼里，骑老旧自行车的人，算不上有档次的人，不值得他多说话。

王超越当然明白保安为什么小看自己。农民工都骑上了摩托开上了车，他还骑着老旧的自行车。在街面上没人能看得起他。有一次，一辆小车在巷道里挡住了路，自行车过不去，他让司机移移车，司机不情愿地把车开出了巷口，还说了一句"一看就是个穷小子"，气得他想和那司机打一架。不少同学劝他道："你也好歹算个公务员，有个面子问题，再不能骑自行车了。"他回应说自己不在乎面子问题，觉得骑自行车方便，不用害怕交警，不用为停车发愁，不用为塞车耽误上班时间……反正不开车有不开车的诸多好处。其实，内心里，他也觉得为了维护自己的尊严，该买辆车了，可是，手中没有闲钱。一文钱难倒英雄汉！

武德雄从楼门出来了，准备进门房时，看到了王超越，问：

"你怎么站在这里不出声？"

王超越没好气地说："你们的人不让进来。"

武德雄大声对保安说："这是咱市统计局的领导，你怎么把领导挡住了？"

保安脸红了，讨好而讷讷地说："领导没说他是领导。我晓得行长要下来，就让他等一等。"

"你把领导带到我办公室。"武德雄对保安说罢，又对王超越说："你先上去，我的办公室门开着哩。我进门房见个人就上来。"

保安引着王超越上了三楼，然后推开行长办公室的门，恭敬地说："请，领导。"

王超越走进行长办公室，霎时就惊呆了：如此宽大阔气的办公室，他从来没有见过。办公桌有三米多长，皮转椅高大厚重，侧墙壁边摆着一组一大两小的真皮沙发，办公桌对面的墙边也摆着一大两小的真皮沙发，办公桌前又摆着一张小转椅，另一侧墙边立着几组大书柜。摆着这么多的大件家具，房子还显得空荡荡的。其实房子并不空，只是太过宽大。办公桌后边有扇门，王超越推开门看了看，是卧室，摆着一张红木双人床，还放着一张写字台、一把木椅、一把躺椅，卧室的后边有一扇门，不用看，就晓得那是卫生间盥洗室了。卧室里摆满了大大小小的酒盒，茅台酒居多。王超越观看罢武德雄的办公室，只能用两个字形容：气派。

武德雄回来了，无奈地说："啊呀，农村的亲戚呀，真是没办法。你让他们来办公室，也不看人的脸色，更不管你忙不忙，他们坐下就不走了。我哪有那么多的时间陪他们,可我也不能太强硬地赶他们走。我只能在门房见一见,找个借口把他们打发走。"

武德雄的这一大堆话,虽不是针对王超越说,但王超越听起来不舒服。王超越以酸溜溜的口吻说:"豪华阔气的地方,没身份的人走进来,实实地是玷污了。我是头一次见到这么豪华阔气的办公室。"

武德雄说:"这算甚呀。你没见书记市长的办公室,那才叫阔气呀。职业技术学院的办公楼是新修的,那校长办公室,快比我的办公室大一倍,有四百几十平方米。越是新修建的办公楼,领导的办公室就越大。我听他们说,都是照着中央领导办公室的规格修建的。咱这地方,有钱了,改善一下居住办公环境,也不算甚。"

武德雄坐在大转椅上,慢悠悠地转来转去,显得惬意自在,流露出高人一等的气势。不过,那双黑亮的眼珠子,不停地在转动,显示出了狡黠圆滑的一面,在傲气十足的时候,也随时准备放下身段,与人为善地套套近乎。

王超越坐在隔着办公桌的小转椅上,离武德雄近一点,说:"我们四五个人挤一间办公室,还没你的卧室大。"

武德雄说:"快了,市政府要新修办公楼,市长向我们提出贷款了。"

武德雄说罢,看了一眼王超越手中的材料袋。

王超越明白该谈正事了,跟领导是不能多说闲话的。他立即从材料袋里拿出了材料,说:"你过一下目?"

武德雄随意地摆摆手,说:"不看了,我给你安排一下,你找他们就行了。不过,我有话说在前头,你们的抵押都太少了,最多只能贷五十万。那几个同学都来过了,抵押少,都贷了五十万。你要理解,程序必须符合规定。我要栽也不能栽在你们这些小事上。"武德雄说着,哈哈大笑了。

王超越干脆地说:"行。"然后,他如释重负地叹息了一声。贷一百万,他的压力不小。妻子一听说他要在银行贷款放高利贷,严正地表达了反对意见。妻子说放高利贷有风险,自己是挣起赔不起的主户。要挣钱,没风险还能行?不过,风险也不能太大了。武德雄说五十万,那就五十万吧。

王超越出农行大门时,那个保安立即敬了个军礼,然后媚笑着说:"您好!领导。"

王超越没有理会保安,推着自行车出大门。

保安又讨好地说:"老领导骑自行车,既带头搞节能环保,又锻炼了身体。"

保安这么说,王超越有些气恼,可已经走出了大门。自己不是领导,保安一口一声老领导,他听来觉得保安是在挖苦嘲笑自己。他也不想让人说自己老了,才四十五岁的人,怎么能算老了!可他又不能向保安吹胡子瞪眼,真与一个保安较高低,那就是自己不尊重自己了。

三

　　银行的营业大厅，往往都装潢得格调高雅、别致，进去就有一种心悦神爽的感觉。大堂经理或叫工作人员，一个个热情且彬彬有礼，首先问办什么业务，然后引导着顾客抽号、等候，不厌其烦地赔着笑脸。王超越走进行政办公楼的贷款区域，感觉不一样了。办公室，就是普通的办公室。那些或大或小的部门领导，一个个神色凝重，老气横秋。王超越被人吆来喝去，一会儿说这不行，一会儿说那不行。他只能忍耐着不甚友好的态度，听从调遣。贷款的麻烦，要比预想得大。王超越用了十来天的时间，评估财产、签字、办手续，不知看了多少人的眉高眼低，才把贷款贷下来。五十万块钱到了卡上，王超越感到银行卡沉甸甸的，他既担心又惊喜，心脏时不时地蹦跶几下子。五十万块钱的风险，够他心惊胆战几年。不过，人为财死，鸟为食亡，尽管担心，他还是硬着头皮往前走了。

　　投资的热潮，沸扬升腾，人的头脑都热了，都倾其所有，把钱投放出去了。以前王超越手中没有资本，并不关注投资的消息。如今怀揣五十万块钱，他开始考察投资方向了。其实，在办公室，就能获得投资信息。小余说他的亲戚是个农民，但为人精明圆滑，申报下来家小额贷款公司，正在筹钱，月息二分五。农民进城，就投身金融行业，能成功吗？王超越不相信。小余说他的亲戚有靠山，和银行的领导结交上了。靠山就那么好找？吹牛吧？他有个当行长的同学，都搞不成靠山。小乔说，她手中有点闲钱，投在煤矿上了，一年时间不到，翻了一番。从小乔最近的衣着上看，小乔手中的确有钱了。不过，越是利润大风险就越大。科长说他的一个战友在内蒙古买了一家煤矿，正在融资，可持股，也可放贷吃利息，月息是二分。手中有钱，到处可以轻松赚钱。不过，王超越不敢轻易把钱放出去。他给常旺宁的小额贷款公司当会计，可不敢把钱放在小额贷款公司。常旺宁做事像土匪，胆大妄为，王超越不信任常旺宁的小额贷款公司。他想把投资放在漠北县。漠北县是煤矿区，全国百强县之一，煤矿大开发，煤炭大涨价，资金都向那里靠拢，富豪云集，遍地都是钱。他请了几天假，坐上班车，直奔漠北县城，进行实地考察。

站在漠北的街道，王超越不能相信自己是置身于漠北的街头。十多年前他来过漠北，街道狭窄破旧，楼房低矮，车辆寥寥。如今满大街跑的都是豪车，宝马、奔驰、凯迪拉克、奥迪、林肯、卡宴，还有许多说不出名字的形状酷烈的车，一辆接着一辆，丰田霸道和劳斯莱斯越野车随处可见，按车流量的比例计算，比省城比北京的豪车多了不知多少倍。街道两边，既有高楼大厦，又有老旧的低层楼房和平房，显示着飞快发展中的时尚与落后面貌。高楼林立地段，到处是高档酒店、高档会所，名牌服装店一家挨着一家。

一栋六层的旧楼房左侧，是酒店的入口，看起来是家小旅店。王超越走进去了。接待大厅只有二十来平方米，吧台简陋，可供顾客坐的地方是一只陈旧的皮革长沙发，与外面的繁华场面极不相称。王超越看了一眼墙壁上的价格表,愣住了,普通标准客房二百二十块钱。王超越让服务员打开门看看。服务员打开了门,他看到的是一间普通的小房间。这样的旅馆,在大都市甚至是北京,都没有这么高的价格。王超越一连看了几家旅馆,在街面上的旅馆,价格都高得离谱。一家宾馆的服务员说,要住便宜的旅馆,只能到环城路上去找。环城路上的旅馆,更像家庭旅馆,总面积不大,店主就是服务员。单间极小,但房费也都上了百,五六个人的大通铺,都是四五十块钱。王超越登记了大通铺。公务员的工资不高,不管甚开支,都要有计划。这个月花多了,下个月就没饭吃了。

漠北有个同学叫刘地成,是县民政局的副局长,和王超越的关系不错。王超越打电话联系了刘地成。刘地成说下午有人请他,他带他一起去赴宴。人家请客,王超越不想去,可刘地成的态度非常坚决,说他带的客人就是贵客,没人敢小瞧。王超越一想,今天不去,明天人家还要专门设宴,又得麻烦人家,恭敬不如从命,也就去了。

漠北国际大酒店,富丽豪华,金碧辉煌。大厅里到处走动着气宇轩昂的人。进出这个国际大酒店的人,就是有身份的人,表现出得意、自满、高傲的尊贵气派也就很自然了。王超越本来也到了气宇轩昂的年龄,再不轩昂两天,年龄不饶人,有轩昂的权威,也轩昂不起来了。其实,他当了二十来年的小干部,一直被人指挥着干事,已被领导培养成恭顺从命的平民性格,难再张扬。

刘地成在手机里说好在大厅里等候迎接。王超越进了大厅就左右巡视观察。

刘地成坐在大厅边上的沙发里,大腿放在二腿上,晃悠晃悠地摇摆着大腿,看到熟人,他们互相招招手。

王超越首先看到了刘地成,急忙走过去。

刘地成也看到了王超越,站起来,快步到王超越跟前,用力握住王超越的手,说:

"贵客,稀客。光临寒舍,不胜荣幸。"

王超越笑着说:"漠北到处都是黄金,怎么就成了寒舍?"

刘地成故意左右看了看,说:"我怎么就没有看到一点儿黄金呢?"

两人同时大笑了。

两人走进包间,包间坐着的几个人,看到刘地成,都急忙叫着刘局长站起来了。上首和上首边的两张椅子空位,一看就是留给刘地成的。刘地成也没谦让,首先坐在了上首,拉着王超越坐在了身边。

坐下后,刘地成说:"本来我是想单独招待老同学的,可下午联系了几家酒店,都没有包间了,就放在一块儿了。今天我做东。"

那个应该是做东的人,连忙说:"你也太小看小弟了。今天我请你,你的老同学来了,明天我再专门宴请一次。"

漠北的人向来豪爽,王超越晓得此人说话不假。

刘地成说:"那我就介绍一下:我的同学叫王超越,在市统计局工作,是我们高中同学中唯一的本硕连读的研究生。如今的当官的,都说自己是研究生,可不得不注明是在职研究生。在职研究生是甚?就是工作后混了个研究生学历。如今的官员也真脸厚,大学没上过,混了个研究生,还有脸拿出来到处炫耀。"

王超越没有值得炫耀的头衔,同学只能拿学历说事了。

另一个人说:"你刘局长也是官员啊。"

刘地成说:"咱算甚哩。只不过是个科级干部,是中国行政级别最小的官。"

王超越笑着说:"在县上,正科副科都是中层领导,在市上正处副处只是中层领导,在省上,正厅副厅也就是中层领导。这正副科还要看是哪里的正副科哩。"

大家忙着说,刘地成这人在漠北县,有人格魅力,能够呼风唤雨。王超越晓得刘地成做事向来高调张扬,但为人热忱仗义。他相信刘地成这样的人在漠北能算个人物。没有权威,谁会把他请在饭店吃吃喝喝,还舍出脸面来恭维。

刘地成一一向王超越介绍了在座的客人。王超越坐在刘地成的左侧,做东的人坐在刘地成的右侧。做东的人叫魏宏,是个小地产商,年纪不足四十岁。他一口一声地叫刘地成大哥,叫得真情又亲热,看得出来他们的关系不错。

酒过三巡,大家一边叙话一边喝酒。

王超越想把话题引在投资的话题上,其实,不用他引导,话题自然而然地就说到了漠北富豪的趣闻逸事,与投资息息相关。

他们谈到了一个叫胡本忠的人。这个人王超越也注意到了,因为此人常在媒体上露面。前两天,王超越还看到胡本忠在电视里为福利院捐款三百万的活动场面。王超越还记得，在市电视台的新闻节目中，报道过胡本忠的漠北县本忠小额贷款公司成立的盛况，漠北县的县长出席了剪彩仪式。大家说这胡本忠很有经济头脑。县委书记和县长两人不和，他不与县委书记交往，却和县长挂上了钩。县长管着钱，管着市政工程。县委书记管理着官场人事。他胡本忠身不在官场，也不能期冀记书提拔重用，所以在两个领导中选边站时他选择了县长。

魏宏说，前几天，一个广东人，一次就给胡本忠打进了两千万块钱。他说胡本忠和那个广东人是偶然相遇的。广东人财大气粗，到漠北想投资煤矿，胡本忠劝广东人多考察几天，然后把自己的奔驰越野车借给广东人，让广东人开着车到处看看。胡本忠也够胆大，丝毫不害怕广东人把他的豪车开着一走了之。广东人在漠北的各地转了二十来天，也开了胡本忠的车二十来天。胡本忠与广东人见面的次数不少，还经常在一起吃饭喝茶，可胡本忠从来没劝过广东人把钱投在他的煤矿上，最后是广东人主动把钱投在了胡本忠的煤矿上。胡本忠把那辆七十万块钱的奔驰越野车送给了广东人。广东人说胡本忠厚道大气，他会把更多的广东人推荐给胡本忠。

刘地成说，胡本忠现在的胃口特别大，根本看不上百万以下的资金。百万以下的资金要投在他的公司，必须有熟人写条子介绍。这熟人还必须是公职人员。胡本忠常说他的资金多，不缺钱。

大家都说胡本忠是个好人，有能耐。胡本忠的妻子才三十来岁,曾在个体百货门市上当服务员,在胡本忠发迹后,摇身一变,竟然在市安全局上班了,身份也成了公务员。

谈论起胡本忠,大家似乎有说不完的话题。他们共同的看法是:此人本事大,是个受人尊敬的人。王超越心想,此次来漠北,一定要会会这个大人物。他问了胡本忠的办公地点。刘地成问他也想给胡本忠投资吗?王超越笑笑,又摇摇头。王超越虽很留意胡本忠的事迹,但不能表明自己有向胡本忠投资的意愿。再说了,自己共有五十万块钱,和几百万几千万资金相比,太不能说出口了。说出来,让人感到好笑。五十万块钱,在漠北,连九牛一毛都不算。

宴请结束,王超越和刘地成几人相跟着出了包间,在大厅里意外地遇到了陈扬。

刘地成和陈扬握了握手,说:"老同学下来了,怎么也不打一声招呼?"

陈扬笑着说:"我今天才下来啊。我准备明天拜见刘局长。"

刘地成说:"我还以为你官大了,看不起和我们来往了。"

陈扬笑着说:"和你的官职一样,都是副职,大甚呀?"

陈扬问王超越:"你怎么到漠北来了?"

王超越说:"转两天。"

陈扬问:"住在甚地方?"

王超越说:"旅馆。"

刘地成接着问:"你看,我们光顾喝酒了,还真的忘问你住在了甚地方。"

王超越笑了笑，不想再说住旅馆的事，可刘地成坚持要问："到底在哪块地方？远不远？我叫车送送你。"

王超越忙说："不用不用。"

刘地成固执地问："住在哪一块？"

王超越只能说了："环城路上。"

刘地成惊呼道："市上的客人，怎么能住在那地方。那地方就没有好宾馆。"

王超越笑着说："条件很不错。"

刘地成说："我在这地方工作，哪里的旅馆好坏，还能不晓得？不说了，那地方退不退无所谓，你不能回那地方住了。这家酒店不远的地方有一家招待所，条件还可以，是我们单位的定点招待所，记账，年终才结算。我给你安排一下。你们先等一等。"刘地成说罢立即就打通了电话。刘地成打罢电话说："安排好了，你过去报上你的名字和我的名字就行了。你想住几天就住几天，这几天吃喝住宿我全包了。陈扬看不起给我打招呼，你看得起，我还能慢待了你？"

陈扬依然笑着说："我晓得你们这地方富得流油，单位有钱都花不出去。我下来检查工作，正常地接待，我不参加，下级单位就会有意见。我不出席他们的宴会，他们也吃喝不成了。这个你当领导的都不明白？"

刘地成说："明白。怎么，我们还要活动，到歌厅吼几嗓子，你们俩参加不参加了？"

王超越和陈扬异口同声地说不参加了。

刘地成走后，陈扬说："我和你住在了一家招待所，咱们一起走着回去。"

王超越说："在刘地成面前，你怎么不说你也住在那家招待所？"

陈扬说："其实我下来几天了。这几天天天被动地接受宴请，烦死了。我谁都不想见，就想安安静静地再住两天。"

人的官职层次不一样，待遇也就不一样了。陈扬下乡被官方请吃请喝请烦了，王超越下来还得给老同学打招呼。

招待所距吃饭的酒店并不太远，不过百米。陈扬和王超越两人一会儿就到了招待所。王超越在吧台上要了房卡，和陈扬一起走进了客房。

在客房坐下后，陈扬问："你在漠北有甚事？"

王超越笑着说："寻找商机呗。"

陈扬问："武德雄给你贷的款到手了？"

王超越说："到了。你的呢？"

陈扬不屑地说："说好一百万，又变成了五十万，我一百万都看不上呢。我前两年就在工商行贷了五百万。"

王超越说："我贷了五十万，都整天提心吊胆。"

陈扬说："所以你的官就当不大。你看武德雄的胆子有多大？保守地说，他的个人资产都超过了五个亿。"

听到这个数字，王超越吃了一惊，说："他才当了三年正行长。"

陈扬说："他三十岁上当了县行的正行长，有十年之久，又当了两年市行的副行长，接着就当了正行长。你能想象得出他有多少钱呢？我给你说，据有人讲，咱们上次说的那个高延兵，一次就给他送了五千万。你想一想，他能有多少钱。"

王超越问："他敢那么做吗？逮住了，不砍头，也得把牢底坐穿。"

陈扬说："这个世道，真是撑死胆大的，饿死胆小的。那些煤老板，那些富豪，你说都是些甚人？大多数没文化，素质低，总结他们的成功经验就是：天不怕地不怕，胆大妄为。没文化的土棒子都成了成功人士，你哪，大学的高才生，工作了二十来年，还是个副科长。你要是有钱，大把大把地送给领导，你还是个副科长吗？武德雄就是个例子。"

王超越说："拿钱买官的事，我就是有钱也做不来。"

陈扬笑笑，说："有钱是一种想法；没钱是另一种想法。你的钱有没有投资方向？"

王超越说："没有。你的钱投给谁了？"

陈扬说："霍叙。那个人你可能认识，原来是阳光县的常务副县长。这个人有能力，人品不错，比较忠厚。他一直想上台阶，可没踏上步，年龄偏大了，就提前离岗了。他出来开办煤矿，正在集资，利息不低。前两年家里积攒下一点小钱，我放给了刘地成。我今天说明天和他见面，实际上也没说假话。刘地成这人仗义，两年来一直都在按时给我付利息。我看你把你那点钱放给刘地成，或者是霍叙。"

王超越问："霍叙的实力怎么样？"

陈扬说："他在退职前，就积累下了一个多亿的财富。这些财富都是他入股家族企业挣的钱。他有一个非常庞大的家族。他的哥哥开办过煤矿，资金实力比他还雄厚。他的妹夫开办了几个大煤矿，还在做房地产的生意，钱多得真是当粪土看待了。给霍叙集资钱，出不了问题。他要是出了问题，他的哥哥、他的妹夫都会站出来帮助的。因为他当领导时，给家族里办了不少事，安排子女，调动人员，扶起来不少下一代，在家族里有着非常高的地位。"

王超越突然心跳加速了。看到了投资的目标，想到将要把钱投放出去，心不由得打战了。王超越这一夜没有睡好。

第二天早上，王超越早早地起来了，他在街道溜达了一圈后，向胡本忠的小额贷款公司走去。

街道的东侧，有一栋六层高的楼房，坐东向西，面向街道。一层便是漠北县本忠小额贷款公司营业大厅。八时整，营业大厅准时开门。王超越第一个走进去了。大厅大概有几十平方米。一个像大堂经理的女子迎上来，问他办甚业务。他说转一转，并问老总在甚地方办公。大堂经理说在后院，并给他指了进后院的巷子。

王超越出了营业大厅，从侧面的巷道进去。看到侧大门上挂着漠北县本忠投资有限公司的牌子，他进去了。

办公楼是一栋三层的小楼，院子非常宽大。院子里停的车辆不太多，但大都是豪车，奔驰越野车、路虎越野车、凯迪拉克越野车，还有一辆王超越叫不出名字的跑车，两辆丰田霸道、三辆奥迪小卧车。几辆豪车，就把院子里的气派撑起来了。

王超越正在观看豪车时，一辆卡宴车驶进了院子，停了下来。一个三十岁左右男子慢悠悠地从车里下来。王超越在电视上见过胡本忠，大致有点印象，他认出此人就是胡本忠。胡本忠的衣着很普通，蓝色西服套装，白衬衣，打着银灰色领带。胡本忠的个子不高，身子略有些发胖，圆头圆脸，小鼻子，眉毛淡淡的，眼睛小小的，看面相像个和善的人，走路的姿势优哉游哉的。看起来像机关干部，也像职场中负点责的职员。

胡本忠看到王超越，客气地打了一声招呼："你好。"

王超越回了一句："你好。"

胡本忠笑着问："你有事吗？"

王超越说："没事，就是转一转。"

胡本忠客气地说："到办公室坐一坐？"

王超越犹豫了。

胡本忠笑道："来的都是客。进来喝一杯水。"

一个大名鼎鼎的富豪，说话时笑意盈盈，竟是如此平易近人，王超越感到有些意外。王超越说了声谢谢，就跟着胡本忠进了办公室。

办公室并不太大，格调简单普通，大办公桌大转椅，一套一大两小的皮沙发。有些私人企业家的办公室，极其宽大，墙壁上挂着名人字画，显得富丽堂皇。而胡本忠的办公室，更像市上的局长办公室，并不宽敞。

一个年轻女子进来了，叫道："胡总，明天上午县政协有个会议，邀请您参加。"

胡本忠点头说行。

没有错，面前的人，就是胡本忠，一个随和的人，没有一点儿财大气粗的气势。

胡本忠说："小吴，给客人倒杯水。"

胡本忠没有坐进大转椅里，而是和王超越一同坐进单人沙发里，这一坐，显示出平等友好的姿态。接着，胡本忠给王超越递了一支烟。王超越不吸烟，谢绝了。

王超越在胡本忠办公室没坐几分钟，简单地交谈了几句，就陆续有人进来了。王超越看出胡本忠要应对一个接一个的上门的人，不好意思多坐，起身告辞。胡本忠又起身将王超越送出办公室，其态度极为和善亲切。王超越明白胡本忠为甚能成为大富豪，其亲善的态度迎得了人们的信任，营造起了合作共事的人气氛围。

王超越走在街上，想起与胡本忠的见面叙话，觉得有些搞笑。胡本忠不知道他是谁，也没问他是谁，两人匆匆相遇，又匆匆分手。

四

王超越刚回到家里，妻子就说："你这几天不在家，你大姐来过两回。"

王超越一怔，问："有事吗？"大姐天天起早贪黑地打工，极少到他们家里来。

妻子说："不晓得。她没说。"

接连来他们家两回，说明有事，可不便与妻子说。黑夜吃过饭，王超越去了大姐的家。

十年前，大姐手里有几万块钱，王超越力主大姐在城里买一套房子。那时大漠的房子不贵，可不贵大姐的钱也不够买一套房子。王超越托了人，以按揭贷款的方式贷了五万块钱，共出了十万块钱，买了一套两间房地基两层的独院房子，目前已涨到了百万以上。正房大儿子居住，二层租赁出去了，大姐大姐夫两口子住在大门边的小房里。

大姐的家在东城区的边上，离他们家有一段距离。他骑着自行车到了大姐的家里，已近九点钟了。大姐大姐夫刚从工地上回来，尚未吃饭，大姐夫坐在床上，大姐坐在地上的小凳子上，两人都端着大瓷碗喝水。劳累了一天，他们显得疲惫不堪，说话的声音都有些拖沓，泄气的情绪一览无余。年过五旬，还日日在工地上干重体力活，他们活得极其不易。

大姐让他坐。他看了一眼床。床上地上都摆着生活日用品，拥挤不堪，乱七八糟，他实在坐不下去。

他们说了几句闲话。大姐问他吃了饭没有，没吃的话给他把饭做上。他说吃过了。大姐也没再客气，起身做饭。城里房子里很少见到灶台了，可大姐不足二十平方米的小房子里砌着灶台，灶坑朝上开口。大锅里烧水，灶坑上坐着小锅。城里禁煤，他们不舍得买无烟煤，就烧柴火。大锅里的水开了，大姐把挂面煮了进去，然后又将小锅里的水倒进暖水瓶里，再坐在灶坑上，往小锅里倒一点清油，清油烧滚了，把干葱叶子放进去，这就是这顿饭的调料了。大锅里的挂面煮好了，大姐把挂面捞进了大碗里，再把小锅里的清油用小勺往挂面里舀一点儿。没有青菜，更没有肉，仅仅是挂面和清油。每次看着大姐吃这样的饭菜，他都有些心酸。

吃过饭，大姐才说他们家有点闲钱，想放高利贷，又怕上当受骗，不敢轻易放出去，让他替他们放出去。大姐把要说的事留在后边，实际上就是想让他在他们家多待一会儿。她害怕把事说了，他就走了。从什么时候开始，大姐活得如此卑微？在王超越的记忆里，大姐是强悍的，敢跟父母吵架，一言不合，竟动手扇大姐夫耳光。对他这个小弟，也是横挑鼻子竖挑眼。母亲在的时候，他们姐弟还经常回到老家，和父母小聚。母亲走了，父亲一人没法在家里待了，赶集上庙会，做点小本生意，聊度余生。他们姐弟就很少聚在一起了。父亲行动不便后，便轮流着在他们姐弟三人家中居住。父亲住在乡下的姐姐家，他经常去探望，可父亲住在他们家，两个姐姐就很少进他们的家门，显得生分。父亲走后，他们姐弟三人再没有真正地聚在一起了，一年都见不上一面，见面也只说几句客套话。各人有各人的家，那个曾经最神圣的家，终究是散了。

见他没吭声，大姐又说：

"咱们姐弟三个，就你活得好。你帮我们放出去，我们吃点利息。我们挣钱不容易。"

　　的确，大姐挣钱不容易。所以大姐把钱袋子捂得很紧。前几年，大姐的小儿子星星在河北家具油漆店打工，老板拒不付工资，星星一怒之下，点火烧了油漆店，被警察逮进去了。油漆店的老板找到他们家，让大姐赔上二十万块钱，就与警方协调，以不慎失火为由，保释星星出来，可大姐连五万块钱都不出。最后法院以油漆店损失多达百万以上量刑判处星星十六年的重刑。前两年，北京司法系统有个熟人，他想运作一下，花点钱，按保外就医的办法，将星星捞出监狱。能保外就医出狱，对一个农民工来说，就等同浑身无罪放出来了。这样，不致耽误星星的婚姻大事。可大姐依然不出钱。大姐拼命地积攒每一分钱，说要给星星买一套房子。大姐的钱是血汗钱，花一分钱对她来说，都很难。一年四季不买一件哪怕是几十块钱的衣服，总是拾揽着穿人家的旧衣服，一年四季除了过年，不吃一顿肉，不买一分钱的菜，夏季在疏菜摊上捡菜叶子吃，病了，只吃两分钱一粒的去痛片，好像去痛片包治百病。血汗钱放出去，一旦收不回来，能要大姐的命。他对大姐说，他不敢承担这样的风险。大姐很坚决地说，不要他承担风险，只要他找合适的人。合适就是没有风险。他说他找不到。大姐不高兴了，说这点儿忙都不帮，还算甚亲姐弟。

　　姐弟俩不欢而散。

　　第二天黑夜，王超越又去了二姐家。二姐说大姐那人性子犟，你不给她办这件事，她挣不了钱，恐怕一辈子不和你来往。二姐说，她也有点闲钱，想放出去。一大家子就出了他这么个干部，家里的人一有事，首先就找他。大姐给他肩上压了一副担子，没想到二姐也给他肩上压担子。他和两个姐姐一起放贷，赚了钱，姐弟几人皆大欢喜；赔了钱，那就是他的责任了。他一人放贷，赔了钱，没说法，一旦他放高利贷赚了钱，大姐和二姐都会认为他不念一母同胞的骨肉情，只顾自己赚钱，肯定会有怨气，甚至抱怨到老死不相往来的地步。王超越明白，作为普通的受苦人，觉得人活在世上只有两大目标，一是传宗接代，一是受苦挣钱。王超越思来想去，为了姐弟情，他决定退回银行贷款，不放高利贷了。

王超越给武德雄打电话时，武德雄有些惊讶，说：

"给同学们贷款，你是我最放心的一个。你想好了，退回来，我再不会给你贷款了。"

王超越说想好了。王超越很快还了贷款，损失了几百块钱的利息。

还了贷款，王超越一下子感到轻松了。王超越想通了，钱有多少都不够花，现在夫妻二人每月能挣近万元，过不上豪华生活，好日子还是能过的。至于花钱买官嘛，就不做那事了。如今四十五岁才是个副科长，低声下气地在领导跟前阿谀奉承，穷尽卑躬屈膝之能事，才有可能在三五年内当上正科长，那时就快五十岁的人了，再苦熬苦挣扎上十来年，机遇好了，才能弄个副处级非领导职务，也就到了退休的年龄了。就是当个副局长，其实也算不了甚。副局长把正局长巴结好了，正局长才放一点小权，得一点小利。如果正局长看着副局长不顺眼，那副局长除了开会，再就是坐冷板凳，还不如普通干事活得洒脱。不为官职苦恼，不为金钱发愁，王超越突然觉得浑身轻松自在了。

五

王超越刚走到门边，就听到一阵放肆的笑声。这是小乔的声音。有人说年轻女人的笑声像银铃似的悦耳动听。其实，放肆的声音，不管来自女人还是来自银铃，都不顺耳。这个小乔，最近像疯了似的，时不时地不管不顾地大声发笑，笑得放浪形骸，王超越越听越不舒服。无非就是有两个钱罢了！

王超越进了门，见小乔、小余、科长都在办公室。办公室，长期坐班的只有小余、小乔和他三人，局里的一个司机也在这个办公室上班，司机要跑车，一个星期都不进办公室一次，科长和他们一起办公，不过科长不是要向正职请示汇报工作，就是向主管副职谈工作进度，然后到各科室坐一坐，套套近乎。科长马上就到五十五岁了，还没熬到副处的位置上，心里着急，所以坐不住了，不停地往领导办公室跑。

科长的办公桌上放着一堆葡萄。

见到王超越进来，科长急忙笑着说："王超越，快来吃葡萄。夏天的葡萄，一斤才十块钱，不贵。"

王超越过去扯了一串葡萄，问："是小乔买的葡萄？"

小乔才二十几岁，刚结过婚，娘家婆家都有钱，公公婆婆退休了，一个月都能领一万多块钱的退休金。父母都是教师，就她一个女儿，还没退休，一个月的工资都超过一万五千块钱了。大家都叫她富婆。小乔出手大方，经常买零食买水果，请大家吃。

小余说："错。是科长买的葡萄。"

今天这是怎么了？真是太阳从西边出来了。科长是个吝啬鬼，从来没见他请过客，更不用说平白无故地把葡萄买到办公室。正因为太过吝啬，舍不得多花一分钱，所以历任局长都不喜欢他。只是因为他嘴甜，才混上了科长的位置。当了十几年科长了，五十几岁的人了，还上不了新台阶。

王超越惊讶地问："科长要提拔了？"

科长不以为然地说："提拔甚呀。有这么好的日子过，当那个副处级有甚用。"

小乔说："就是。科长快成千万富翁了，还要官做甚哩。"

"千万富翁？"王超越吓了一跳。千万富翁真不是什么人都能随便当！

小余说："科长当官向来也不是为了多赚钱。可科长不想多赚钱，钱却哗啦啦地进口袋了。"

科长笑着对王超越说："不要听他们瞎说。我就是给战友投资了五十万块钱，一个月的时间翻了两倍。"

王超越说："也就是说，科长你如今有一百五十万块钱了？"

科长点点头，说："前一个月，我给你说过，我的战友搞煤矿投资，问你们手中有没有资金，你王超越没反应，这下你该后悔了吧？我给你说，我的那个战友，用我们投资的钱，买了一个煤矿，卖出去了，又买了一个煤矿，也卖出去了。我们投的钱就翻了两倍。最近，他又在内蒙古买了一个大煤矿。听说这个煤矿很有潜力，价值几十个亿。他和漠北的那个胡本忠套上近乎了，发大财的日子还在后头哩。"

科长最大的优点就是说话低调务实，从来不说大话。科长这么说了，王超越相信。王超越心里不是滋味了。贷到手的五十万块钱，要不退回去呢？一个月时间，就多出了一百万块钱呀。对于一个公务员来说，一辈子都积攒不下一百万块钱。王超越不是后悔，是肠子悔青了。

小余说："我的那个亲戚，办起了小额贷款公司，也是一个来月时间，已经过手几百万块钱了，都坐上了一百多万块钱的豪车。一个农民，都有那么大的气派，咱这公务员白当了。"

小乔的手机铃响了，是那种嗲声嗲气的铃声，听着心里痒痒的，并不舒服，可人家小乔自己听起来舒服。小乔接过电话，高兴地说快递送包包来了。

小余指着放在小乔办公桌上的包包说："你这个包包出了一万来块钱，也没背多长时间，怎么又买了一个？"

小乔说："衣服要换着穿，包包也要换着背，有甚大惊小怪的。"小乔甩甩飘飘长发，拧拧腰，耸耸胯，婀娜多姿地出了门。

小余说："小乔的公公婆婆退休了，还在做生意，这几年赚了不少钱。"

科长叹息着说："这个时代，真是饿死胆小的撑死胆大的。"

王超越笑着说："你科长是个胆小的人，可也快撑死了。"

科长得意地说:"识时务者为俊杰。"

小乔取包包刚回来,手机铃声又响起了。小乔接通电话,问了几句那个地方有甚好吃的,然后说:"好啦,下午见。不见不散哟。"

小乔好像经常有饭局,没有饭局的时候,就约朋友逛街。这小乔,真是幸福得不得了。办公室里的几个男人,既嫉妒又羡慕。

六

办公室里只有小余一人。小余静静地翻看着手机。看到他进来了,叫了一声王科长。正科长他们叫科长,他这个副科长就带姓称呼,为什么,没人说清楚,反正这都是多少年的习惯。

小余把手机往办公桌上一摔,叹了一口气。

王超越问:"怎么啦?"

小余说:"缺钱。"

小余总是缺钱,一个月的工资不够一个月花。看不出他过什么奢侈的生活,一年四季,好像不怎么换衣服。一次,他的一件破外套搭在小乔的办公桌上,小乔拿起就扔在了铁皮柜的角落里。小余急疯了,找了好几天,最后找到时,激动得差点都哭了。后来王超越才知道,他的弟弟正在上大学,他的妹妹正在上高中,全靠他一人的工资供养。父亲种地,也在农闲时打打零工,可挣的钱还不够有病在身的母亲的医药费。小余不容易,所以他总是在手机里寻找商机,也没见他赚了多少外快。

王超越问:"搞投资?"

小余说:"如今的人,不投资,不是傻瓜,就是笨蛋。"

王超越听着这话有些刺耳,埋下头,开始翻报纸。

小乔像一阵风似的,刮进来了,浑身散发出奢侈的气息,名牌包,漂亮的连衣裙,扭腰耸胯的动作,无不在显示着活得滋润幸福。

不就是有两个臭钱吗?王超越不服气。最近他有些见不得小乔了。她的一惊一乍,她的夸张的表现,都使他看出她的轻浮。而且,他的心里酸酸的,还充斥着小小的嫉妒。按说,他们不在一个年龄层次,跟她没什么可计较的,可他就是看着她不舒服。这都是钱在作怪!以前,这个小乔,在他眼里是个好女子,工作中也没什么摩擦。如今,他看见她就心烦。是他嫉妒她有钱就任性的做派吗?

小乔向来是搅动办公室气氛的人,她进来后,办公室增添了亮色,气氛也改变了。首先,小乔把包包往办公桌上一放,然后,走到小余面前,讪讪地笑着说:

"年纪轻轻,不出去挣钱,就会坐在办公室玩手机。"

小余说:"如今挣钱,也得有本钱。我连五万块钱都凑不够,拿甚去赚钱?"

小乔不相信地问:"五万块钱都凑不够?凑五万短多少钱?"

小余说:"短八千块。"

小乔转身拿起包包,找出八千块钱,掷在小余的办公桌上,说："借给你。"

小余拿起钱，没好气地说："我可暂时还不上。"

小乔说："给你借钱你还这种态度？年终发奖金时还可以了。"

小余高兴地说："谢谢姐。"

小余比小乔才小一岁，可小余没结婚，所以小乔在小余面前就是大姐大。两人相处得还算不错。

小余和小乔开始说投资上的事情，叽叽喳喳，不管不顾，好像办公室只有他们两人。王超越有些烦，可办公室是大家的办公室，总不能阻止别人说话吧？

七

一个突然而至的电话，又一次扰乱了王超越的心境。旧手机号很少用了，他想注销，又有些不舍。这个号码他用了多少年，好记，说起来又顺口，更重要的是，是本地的第一代手机号码，号码连着四位数码是本地区的电话区号，最后的四位是自己喜欢的数码，有纪念意义。此前有人给他了一张免费卡，能用两年，为了节约话费，这个号码就不怎么使用了，所以就办成了保号套餐。因为长久地不使用旧手机号码，那些交往甚密的人，也就记下了他的新号码。只有来往少的人，还是用旧号码。旧号码的手机时开时关，所以有些人抱怨他不好联系。那天下午他身子有些不舒服，电话向科长请了假。妻子上班去了，儿子在省城上大学，家里只有他一个人。他在床上看了一会儿书，眼皮发沉，睡意渐浓，他把书放下，躺下身子，闭上眼睛。不久，他就睡着了。突然，手机铃声响了。他一惊，醒来了，不是他熟悉的铃声，他的心头激跳起来，是慌里慌张而茫然的快速跳动。他翻过身，看到了床上的那部旧手机。本来他睡觉要关手机，竟然连旧手机都没关。他接通了电话，打电话的人是老同学刘颂。

听到这个名字，王超越感到有些陌生，毕竟，这个小学的同学，有十几年不联系了，他甚至不知道他身在何处，做甚工作。刘颂说要买西城区的宅基地，他晓得王超越在西城区有块宅基地，问他想不想卖。王超越现在住的房子，是妻子单位集资修建的楼房。他们单位十几年前给他分了一块两间房子的宅基地，一直没卖，也没有修建。当时只出了六千块钱。刘颂在电话中说，他的老母亲原来一直就在西城区那块地盘跟前租房子住，如今也就想在那里买房子，他手中有些钱，打问到那里有王超越的宅基地。刘颂首先报了六十万块钱的价格，并说这个价格不算低，不过没关系，他只是为了尽孝心而已。六十万块钱已经打动了王超越的心，以前有人给过他五十万块钱，他没卖。他说和妻子商量商量再答复。

妻子下班回来，王超越和妻子商量，妻子同意将宅基地卖出去。

两位老同学，很顺利地将宅基地交易做成了。

王超越再次动了放高利贷的心思，用自己的钱放高利贷，不用担太大的心，况且，这钱来得也容易。他把自己的想法告诉了妻子，妻子尽管不同意，但不再激烈地反对。于是，王超越又开启了新一轮的放贷行动。他开始考虑把大姐和二姐的钱也放出去。因为大姐二姐给他带来的烦恼依然没有解除。大姐二姐还持续地问他找到了贷款的人没有，他回答说没有，两个姐姐都有些不高兴。大姐甚至数落他了："用你的金用你的银你心疼哩，用你跑跑腿，打问些事情，你都心疼哩？一母同胞的姐弟，连外人都不如了？外人都常给我说谁谁用款哩。我是不放心他们，才找你哩。"

二姐给他打过来电话时，他正在办公室上班。二姐说："听说漠北县有个大老板，常上电视里，人很可靠，能不能把钱放给那个大老板？"

王超越猜到二姐说的大老板就是胡本忠。就他们那点钱，胡本忠根本看不入眼。他还要跑到漠北，还要找刘地成推荐，太麻烦了。他回复说他问问再给她回话。

中午下班时，王超越出了电梯，遇到陈扬在大厅里和一个人叙话。统计局和审计局都在市政府办公大楼办公，两人时不时地就遇到一起了。审计局和统计局只差一个字，看起来区别不大，其实职能完全不一样。统计局只是统计数字而已，审计局要审计单位的开支，开支合理不合理，都由审计局说了算。开支出问题，单位的领导就要担责，为免责，保官位，避牢狱之灾，那就要和审计局搞好关系。王超越在统计局工作，清水衙门，不能与审计局同日而语。

看到王超越，陈扬问："回家？"

王超越说:"回家。"

陈扬说:"不用回了,咱们一块儿到小餐馆吃点便饭。我老婆不在家,没人做饭,我不想回家了。政府灶的饭也吃腻了。"

王超越说:"行。"他正想找陈扬再问问霍叙的生意。遇不到陈扬,他也会打电话或到陈扬办公室询问的。

出了市政府办公大楼,向东拐,在小街的东边,有一排小饭馆,都是地方特色小吃。在市政府上班的人,中午不想回家,也吃腻了政府灶上的饭,往往会到这里来吃中午饭。下午,人们要喝酒讲排场,很少有人光顾这些小饭馆。

王超越和陈扬两人说着闲话,走进了一家小饭馆。两人坐下时,陈扬问:

"你把贷款还回去了?"

王超越说:"还回去了。"

陈扬问:"为甚?"

王超越说:"不想担风险。"

陈扬笑着说:"不担风险的男子汉没出息。"

王超越笑着回答道:"就是呀,一个副科长的料子。"

陈扬也笑了。

虽是便饭,陈扬还是要了一瓶酒。

王超越说:"中午就不喝酒了。下午还要上班哩。"

陈扬说:"我们不想上班,谁也管不了。准备当一辈子副科长,不谋算着再进步,你就是单位的老大。"

陈扬说的是实情,近几年换了两任领导,都对王超越是放任不管的态度。局里三十几岁的正科长都有两个了,他四十五岁了,还是个副科长,而且他还是局里专家式的业务干部,统计上遇到的难题,都是由他负责解决的。他们不给他职务,想管理他都难。

王超越说:"我也没想过要当老大,能轻松活人就行了。"

陈扬说:"心态不错。我们这些农民子弟,能有今天的地位,也应该知足了。你想想,高考制度不改革,我们上不了大学,今天是不是还在地里刨食吃?"

陈扬的感慨,没有丝毫的矫情。他们家在农村,孩子多,兄妹五人,大哥二哥为了减轻家里的负担,高中都没有上完,就辍学回家种地了。他考上大学后,两个妹妹也是因为家庭负担过重,辍学了,一个上高中,一个将上完初中。为此他常常觉得自己对不起两个哥哥两个妹妹,有时他还说他是家里的罪人。他正式上班后,总是想着法子帮助兄妹多挣几个钱。有时他开玩笑说:"我要是搞腐败,也是为了几个兄妹伸手的。"大哥在城里当了小包工头,他没少给他大哥介绍过生意。

喝了几口酒,王超越就说到了姐姐手中有点钱,要让他出面放出去。

陈扬说:"我看还是放在霍叙那里比较保险一些。我前两年在工商银行贷了一笔款,就放在了霍叙的公司。"

王超越再次详细地询问了霍叙的煤矿经营情况。

陈扬说霍叙买了两个大煤矿,正在筹建,前景不错,只是采矿的正式手续尚未批下来,属于在建待批的煤矿。说穿了,就是还没有正式营运，没有盈利，所以资金短缺。

王超越和陈扬吃罢饭，就到了下午上班的时间，不过两人喝了点酒，上头了，脸面都不正常，都不想去单位了。酒气醺醺地坐在办公室，不太合适。陈扬向王超越建议，一起到霍叙的公司转一转。陈扬的提议正符合王超越的心思。

霍叙的公司在开发区的北头，距市政府不足两公里，两人说着闲话，踱着步子，悠悠地向霍叙的公司走去。

霍叙人是个很仗义的人，不过官架子不小。对陈扬的到来，客气地表示欢迎。陈扬向霍叙介绍了王超越，霍叙仅仅是握了握王超越的手，再不正视一眼。

官场向来都是按职务高低论英雄，王超越身在政府部门，却没有头衔，人家看不上眼也是正常的。王超越饱受官场的浸淫，也习惯了看别人的眉眼高低，对霍叙的貌视并没放在心上。

陈扬和霍叙打哈哈地说闲话时，陈扬突然说："霍县长，王超越的姐姐有点闲钱，想放出去，你需不需要钱了？"

霍叙这时才郑重地看了一眼王超越，问："有多少？"

其实，王超越还没打算把钱投在霍叙这里，还想考察几天。不过，陈扬把话挑明了，他只好说了："一百五十万。"

霍叙说："行。你把手机号码留下，我让王进东和你联系。"

王超越费尽了心思，既考察市场又权衡利弊，可没想到，放贷的过程就这么简单。

霍叙没说王进东是谁。在路上，陈扬说王进东是霍叙的司机，在阳光县政府开车。霍叙离职后，王进东把车让出去了，谋了个办公室的闲职，大多数时间跟着霍叙，给霍叙既当助手又开车。

当天晚上，王超越叫了二姐，到了大姐的家里。

王超越说："放高利贷，风险很大。我不想替你们放贷，就是怕把你们的钱放出去，收不回来。你们的钱，都是血汗钱，来之不易。"

大姐说："人家放贷，都能吃上高利息，我们放出去，就赔了？我不信。只要你给正路人放出去，就行了。以后出了事，我们不怨怪你。"大姐性子强，嘴头子也快。看来大姐看到人家放高利贷吃上了利息，眼红了，不管不顾不害怕。

二姐也说："真要是收不回来钱，我们也就认了。"

大姐的钱那是实实在在的血汗钱。二姐的钱，相对来说，比大姐来得容易一些。二姐常年将农村的土特产红枣酸枣包括小米等带到城里，卖出去，再小打小闹地将小额的钱放出去，十来年下来，也积攒下了一些钱。

大姐和二姐的几个子女都靠打工过日子，生活也不怎么样。他们都不愿意让子女们晓得他们有多少钱。大姐挣钱，就是为了给坐牢的小儿子准备买房子，然后娶媳妇。她更怕大儿子晓得她有多少钱，跟她要钱。大姐在买房子的事上听了王超越的话，占了很大的便宜，所以她更相信王超越了。此事跟彼事不一样，王超越还是把他的担心说了几遍。大姐夫二姐夫都不主家里的事，不过，他们不像大姐二姐一样只会写自己的名字，都识几个字。王超越让他们两家分别给他写下保证书，放出去的款，不管要回来要不回来，他们都不能怨怪他。两家各写了两份保证书，其中的两份王超越签了字，由两家分别保存一份，王超越分别保存两份。

王超越姐弟三人，每人五十万块钱，共计一百五十万块钱，很快放给了霍叙的公司，月利息不算高，一分五。通常都是二分的利息，不过，王超越觉得越是利息低越可靠。

放贷的期限为半年，到期时间是二〇一一年九月十五日。到期后，王超越收回了十三万五千块钱的利息。

两个姐姐每人拿到四万五千块钱时，高兴得都快流眼泪了。清算利息后，王超越和两个姐姐商量，同意再和霍叙签订放贷合同，答应霍叙提出的三年期限，月息按二分结算。

这钱来得容易。拿到四万五千块钱的利息，还有卖宅基地余下的十万块钱，再凑五万五千块钱，就是二十万了。王超越在想，是不是再把这二十万块钱也放出去。

就在这个时间点，刘地成从县上上来了。武德雄请客，自然也叫了陈扬和王超越几人。

刘地成虽是科级部门的副职，可在县上有一定的位置。据刘地成讲，漠北县民政局的局长快到了退居二线的年龄，他有望当正局长。他原是乡上的乡长，可和乡党委书记的关系没搞好，就调回县上了。乡长回到县上，大都坐在了正职的位置上，刘地成虽说不是正常的调动，不过，县上的领导许诺先让刘地成过渡一下，等民政局局长退到二线之后，担任民政局局长的职务。刘地成掌权的时间指日可待。有权有身份的人常常会把有权有身份的人团结在一起，拓宽方便之路，并在所到之处显示气派，彰显成功人士的身份。

酒足饭饱之后,几个人从酒店出来,陈扬对王超越说:"咱俩一起到刘地成住的酒店坐一坐。"

王超越说行,于是两人跟着刘地成一起到了刘地成下榻的酒店。

王超越从陈扬和刘地成的谈话中,才晓得陈扬给刘地成放了一百万块钱的款项,那次他们三人在漠北相遇时,陈扬说是放了一点小钱,其实并不是小钱。陈扬在两年前就放出去了。陈扬向来有经济头脑。年轻的时候,还小打小闹地做过生意。

刘地成问王超越手中有没有钱,他买了一栋小楼,出了八百万,开宾馆。他给同学们的利息都是二分五。

王超越这几天一直在想,要把钱再投放出去,也是分开来投。把钱放在一家公司风险大,分开投放,这头不行那头行,总不至于两家都出了问题吧?

刘地成这人厚道仗义,和王超越的交情也不错,王超越说自己有二十万块钱。两人很快达成了协议,刘地成写了借据,王超越第二天把钱打在了刘地成的卡上。

三个月后,刘地成按时以二分五的利息,将一万五千块钱的利息打在了王超越的账号里。

王超越再一次认为他的选择是正确的。

刘地成每三个月给王超越打一次利息。王超越手中有钱了,也大方起来,请朋友同学喝过酒吃过饭。以前,他手中无钱,不管做甚,都缩手缩脚。

八

下午快下班的时候,王超越接到了常旺宁的电话。常旺宁在电话中邀请王超越出来陪一位尊贵的客人,说他的车就停在市政府的大门口。王超越没推辞,接罢电话,站起来就走,也没给谁打一声招呼。一天两天不上班,迟到早退,没人过问,人人关注着投资,职业工作都抛在了脑后。

王超越走出市政府的大门,大门的对面传来了喇叭声。王超越向对面一看,见常旺宁坐在一辆高大的草绿色越野车里的驾驶座上,手伸出车窗,正在向他招手。王超越急忙过了马路,走在后车门跟前,拉开门就上车。王超越坐下后,问:

"你甚时间换车了?"

常旺宁淡淡地说:"前几天。"

"我也正想买车,想让你参谋参谋。这车多少钱?是甚牌子?"

"路虎卫士。一百来万。"

一听说一百来万,王超越倒吸了一口气。

副驾驶座上坐着一个人,这时,这个人调过头,朝王超越微微笑了笑。

王超越愣住了。近来常旺宁总是让王超越发愣。朝他微笑的人正是漠北大名鼎鼎的老板胡本忠。

常旺宁介绍道:"这位是胡总,我新结交的朋友。"

王超越叫了一声:"胡总。"

胡本忠再次侧过身，回过头，朝王超越笑了笑，礼貌地抬抬右手，以示打招呼。

常旺宁说："胡总年龄比咱们小，本事比咱们大。几年的时光，就成了漠北的首富。"

胡本忠客气地说："没甚没甚，不值得一说。谁的钱越多，谁的负担就越大。再说了，富不富都是人，见面都是朋友。我今天和大家往一起坐，就是为了交朋友。当然，能给朋友们帮忙，也是我最大的荣幸。"

胡本忠如此低调务实，说话又有人情味，再次给王超越留下了良好的印象。

常旺宁请来的客人，都是生意人，除了胡本忠，另外三个人王超越都不认识。那三个人都客气地给胡本忠和王超越递上了名片。其中一个五十来岁的中年人，留着寸头，不停地接电话。还没入座时，寸头中年人接电话说：

"让我们融资一个亿？不行，我没有一个亿，就是有一个亿，也不能融那么多。你告诉张总，我最多出资一千万。他不想合作，就拉倒算了。"

此人看起来气派很大。王超越仔细看了看他递过来的名片，头衔是大漠市基础产业大开发有限责任公司董事长兼总经理，姓赵。大家都叫他赵总，王超越也跟着叫赵总。

人来齐了，大家入座喝了第一杯酒，赵总的手机又响了。赵总说："王总要买飞机？好事。到时候我们也沾光坐坐私人飞机。你说甚？王总让我给他参谋一下飞机？我参谋不了。我又不是开飞机的,要是参谋车,我还行。没买过几辆豪车,可是开过不少,性能都比较了解。"

赵总挂断电话,大家长吁了一口气。大家都是来叙话交朋友的,不是听他接电话的。大家轮番敬过酒后,赵总的手机又响了。赵总这次接通电话,离开了餐桌。他边走边说:

"吴总呀,我正在赶一个很重要的饭局,过一会儿我给你打电话。你要借钱?不凑巧,我手上只有几百万,还要做一个项目。好了,到我们公司来谈。"赵总接罢电话,不高兴地说:"这手机是不能开了。"

赵总入座后,把手机关了,还说自罚三杯。说着,赵总就接连喝了三杯酒。赵总的手机总算没再响起,可另一个老总却不知是酒喝大了,还是怎么了,喋喋不休地说开了生意上的事。胡本忠坐在上首,很少说话,只是淡淡地微笑着倾听其他人在大声交谈。王超越觉得这几个生意人,只有胡本忠算个真材实料的老总,其他人,可能只是嘴皮子上的功夫。趁那几个人谈话时,常旺宁过来拍了拍王超越的背,离开了。王超越站起来,跟着常旺宁来到沙发边,随后两人坐在沙发上。

常旺宁说:"我今天请你来,是请你跟我去内蒙古走一趟。胡总在内蒙古买了一块地皮,地下煤炭储存量非常大,能开大煤矿,我想实地考察一下,还得有人替我多长个心眼。"

常旺宁自从开办了公司后,做事还算务实,比过去谨慎多了。这男人,肩上的担子重了,行为也就稳重了。

王超越干脆地说:"行。"随后,王超越朝餐桌看了一眼,压低声音说,"你的这些朋友呀,你要小心。"

常旺宁也压低声音说:"明白。那三个人,就在我们公司的那条街上办公司,他们总到我办公室来说些事。他们的车让交警查扣了,我替他们要过几回,他们请我吃过饭。仅仅是吃喝玩乐的关系,凑在一起凑个热闹,不会再往深发展了。"

王超越说:"你结交这样的人,胡总不会有想法吧?"

常旺宁不以为然地说:"是我给他融资,他没有必要担心。哈哈,你已经进入角色了。"

九

冬季的大草原,草木枯萎了,看不到绿色,到处都是碎石块和五颜六色的鹅卵石,也见不到游人,一派荒凉萧条的景象。

胡本忠引着常旺宁和王超越,来到四周栽着木桩子的草原上。

胡本忠指着木桩子围着的草原说:"这些圈起来的地,都是我们的地皮,一千来亩。我们在这块地皮上可以搞任何建筑。不过,我们看重的是这里的煤炭资源。这块地皮,我们出了两个亿,才搞到手的,还不含打通一些关系的费用。"

"这里会有煤炭吗?"常旺宁怀疑地问。漠北的大煤矿,都在山沟里,内蒙古的煤矿怎么会是在平坦的草原上呢?

胡本忠肯定地说:"有。都勘探过了。煤炭的储藏量非常大。我们将会在这里建一座特大型煤矿。"

常旺宁问:"地皮买下了,其他开采煤矿的手续齐了没有?"

胡本忠说:"地方上的手续都有,就是国家相关部委的手续还没下来。不过,问题不会很大。这里是少数民族地区,关口好打通。"

常旺宁开车返回包头时,小车行驶在郊区的一个非常庞大的楼盘前,胡本忠叫常旺宁停一下车。

车停下了,胡本忠、王超越和常旺宁先后下了车。

十几栋高楼,孤零零地矗立在荒草地里,毫无气息。一部分建了半截子的高楼,不见施工人员,只有吊塔横悬在空中。大概是因天气寒冷,停工了。庞大的楼盘里,不见一个人影,冷冷清清。胡本忠没有进入楼盘里,而是在楼盘外围转了一圈。走到挂着售楼接待处的牌子前,他站住了。售楼处出来了一男售楼员,问他是买楼房吗?胡本忠摇摇头。他似乎想进售楼处,想了想,转过身,笑着说:

"走吧,时间不早了。"

常旺宁问:"这是谁的楼盘?"

胡本忠若有所思地说:"内蒙古的楼市火起来了,这里怎么看不出火热的景象呢?"

坐上车后,胡本忠沉默寡言,好像在思考什么重大议题,常旺宁和王超越也没吭声。

常旺宁开着车进了包头市区,胡本忠突然说:"我就在这里下车。我在呼和浩特有些重要的事要处理,随后直飞北京,在国家发改委找找人。你们今天住上一个晚上,明天再回去。"

常旺宁看了下手表，说："才是下午三点钟，上高速四个小时就赶回去了。你用不用车了？"

胡本忠哈哈一笑，说："到处都是朋友，到处都是车。"

胡本忠下了车，常旺宁和王超越也下了车，和胡本忠握了握手，然后他们才又坐上了车。

常旺宁调过车头，直接开出市区，上了高速公路。他们都是忙人，不敢在外面耽误太久的时间。在路上，王超越说：

"这个胡本忠，低调务实，出来连车都不带。像个干大事的人。"

常旺宁说："他人缘好，不管走到哪里，都不缺车。他不是爱显摆的人。"

王超越说："他那块地皮，我看着心里不踏实。就凭那些木桩桩，就能证明那是他的地皮吗？没有人证，也没有手续证明。尽管这个人给我的印象很好，我们还是不能轻易地相信他。"

常旺宁笑着说："都说你王超越是个老实人，没有太多的心眼，其实，你的心挺细的。这几天咱们在合作时，我觉得你太有头脑了。我没挑错人。你既能给我当会计，又能替我出谋划策。我挣了钱，不会亏待你。这个煤矿的事嘛，我要等国家发改委的手续下来了，我要亲眼看到了开采探矿许可证，也就是我们常说的路条，我才往他那里投钱。"

王超越说："那个楼盘倒像是他的。不过，估计销售情况不好。他三缄其口，最后却发了一句感慨。"

常旺宁说："我注意到了。"

常旺宁不是过去的常旺宁了。这人的变化真快。一个随心所欲嘻嘻哈哈的人，一下子就变得老成持重。王超越心里有太多的感慨。

十

王超越中午刚上班，常旺宁就打过来了电话。常旺宁说搞个小型聚会，邀请王超越光临。王超越问同学中还有谁，常旺宁说那些当官的都忙，就不请了。

刚过四点钟，王超越就离开了办公室。没有车，出租车也不好叫，他准备步行着去聚餐的黄金国际大酒店。王超越出了电梯门口，遇到了正准备进电梯上楼的陈扬。都在一座楼上办公，他们时不时地就相遇了。

陈扬问："你要出去？"

陈扬这么问，王超越就晓得常旺宁没邀请陈扬，他说："常旺宁叫我有点事。"

陈扬似乎意识到，常旺宁这个时间叫王超越，不是有点事，是吃饭，但笑着说："我前几天见到常旺宁了，既像大老板，又有领导的派头。生意做大了，也不请同学们聚几回。你见了他，就说我叫他请同学们聚一餐。"

王超越刚要回应陈扬的话，电梯又一次降下来了，陈扬说："我上去了。"

陈扬进了电梯，直到电梯门闭上了，王超越才转身离去。没有向陈扬说真话，他觉得有点对不住老同学。可是，他不能说常旺宁请客，要是说了，同学之间心里都不会愉快。

王超越步行去黄金国际大酒店，半个多小时就到了。本以为自己去早了，没想到，开开雅室的门，常旺宁已经端坐在餐桌上首了。他的左边，坐着胡本忠，右边有一个空位。王超越看了一眼那个空座位，却并没有奢望坐到那里。靠前的位置都是留给有身份的人坐的。要是先坐下了，后来来了有身份的人，还得站起来相让，退到靠后的位置上。就像有些人在公交车上不想坐在前边，如果坐在前边，遇到老弱病残的人，你还得站起来相让，不让座就显得不文明不道德。当然，礼让饭局的座位，更多的是对有身份的人的尊敬和惧怕。

胡本忠的身边坐着赵总，接下来有几个人，其中有一个中年人穿着警服。王超越一个都不认识。

常旺宁指着自己身边的空位置，对王超越说："快来这边坐。我正准备给你打电话哩。今天摊场大，我们就早些开始。"

坐上首的人发话了，王超越也没推让，走在空位边，坐下了。

胡本忠隔着常旺宁，仰身从常旺宁的背后伸过手来，王超越急忙把手伸过去，两人的手握了一握。

坐在下方的赵总，礼节性地向王超越点了点头。

常旺宁随后向王超越介绍了几个陌生的人。那个穿警服的人，就在王超越的身边，是市交警支队的宣传科长。其他的几个人，都是老板，是什么样的老板，王超越没有记住。他不准备深度地在生意场上混，也不想记住那些老板。

最后一个到场的是个三十多岁的年轻人，主动坐在了最下端。年轻人嘴唇厚嘟嘟的，相貌憨厚，神情木讷，可是又面带笑意，显得性情和善，本分老实。

常旺宁介绍说："这位是浩泽区少年文化活动中心的副主任，韦明亮，是位音乐教师，曾经在浩泽区剧团当过演员。前两天我和韦明亮达成了一项合作意向，合办文化传媒公司。我是董事长，他当总经理，由他来负责经营。今天他叫来几个歌手和演奏员，为咱们奉献一场歌舞伴餐的文艺演唱活动。在演唱活动开始前，我正式宣布：王超越为我们小额贷款公司的副总经理。以后大家都要叫他王总了。"

王超越愣住了。

大家开始拍手鼓掌。

王超越说："常总，你怎么突然来了这么一手？"在公开场合，王超越已称常旺宁常总了。

常旺宁摆摆手，说："不要说了。下来咱俩好好地沟通沟通。"

常旺宁站起来，在身后的椅子上拿出了两个纸盒子，说："这是我给两位新助手赠送的礼品。任命副职就要有任命的规矩。"

常旺宁双手给王超越递过纸盒子，王超越接过来。然后常旺宁又叫了一声明亮，韦明亮应声跑到常旺宁跟前。常旺宁把另一个纸盒子递给了韦明亮。

常旺宁说："这是羊绒短大衣，你们试试看合身不合身。不合身的话，可以到专卖店调换。"

王超越和韦明亮打开纸盒子，拿出羊绒短薄大衣。短薄大衣是藏蓝色的，穿在身上，坠坠的，用手一摸，又柔柔的，既有质感，又显得沉稳大方。

大家齐声说好，赞扬常总有眼光。

王超越和韦明亮脱下短薄大衣，坐回座位后，常旺宁问韦明亮："准备好了没有，明亮？"

韦明亮像一个士兵坐在了首长面前，听到首长问话，立即站起来，毕恭毕敬地回话道："准备好了，常总。"接着韦明亮转身走到门边，拉开了门。

门口，站着几个衣着鲜艳的年轻的男男女女。他们对着里边，弯了下腰，齐声说："下午好！"

韦明亮一挥手，那几个年轻人边演奏演唱，边走了进来。他们演唱的歌曲是《难忘今宵》。这是一首能烘托气氛的老歌，耳熟能详，大家兴高采烈，跟着一边唱一边拍手。雅室顿时洋溢出一片欢乐祥和的氛围。

唱完《难忘今宵》，雅室里一时安静了。

突然，赵总的手机铃声又响了。赵总接通电话，温和地说："刘总啊，这么迟了，打电话来，有事吗？我正在赶一个饭局，饭局完了我给你往过打电话。"

等赵总接过电话，常旺宁站起来，大家也跟着站了起来。常旺宁端起酒杯，说：

"感谢大家的光临，请干杯。"

大家端起酒杯互相碰了碰杯，将酒杯里的酒一饮而尽。

大家坐下后，赵总的手机铃声又响了，赵总又接通了电话。这次赵总的火气非常大："不要说了，你尽快把那一个亿转在我的名下。"赵总挂断了电话，随后说："这手机是不能再开了。"赵总关掉了手机，此后，赵总的手机铃声没再响起。

王超越看了一眼常旺宁，常旺宁露出了无奈的笑容。

韦明亮望望常旺宁，常旺宁轻轻地点点头。韦明亮转身指挥那几个男女，在雅室的墙角搬过来几张椅子，拉二胡的男子首先坐下了。

服务员挨个儿给客人的酒杯斟满了酒。

韦明亮端起了酒杯，说："尊敬的各位领导老总，我代表我们文化公司，给大家敬一杯酒。"韦明亮首先走到了常旺宁的身边。

韦明亮给常旺宁敬罢酒，就给胡本忠敬酒，然后又给王超越敬酒。尽管王超越劝他顺着从那边敬酒，不要左右跑来跑去，可明亮执意一左一右地敬酒。韦明亮敬过酒，就指挥歌手唱歌。

第一个唱歌的是一个瘦弱的年轻女子。她唱的是《灞桥柳》。她唱得气势磅礴，完全不像一个弱女子。该女子唱罢歌，就走向常旺宁，开始敬酒。

随后，三男三女，每人不是唱一段，就是演奏一曲，演唱完后，都向他们口中的领导老总敬酒。

王超越不善交际应酬，不管走到哪种热闹的场合，都不太吭声，也不附和着说东道西，烘托气氛。他总是静静地看着周围的人怎么凑热闹。他注意到，常旺宁一直面带着笑意，心满意足地喝着酒，还不时跟着歌手哼几句。常旺宁多少年都坐在餐桌的下端，是被边缘的人。现在，他成了老板，有位居高位的身份了，他就坐在上首。如果武德雄和陈扬都来了，尽管是他做东，他能这么理直气壮地坐在餐桌的上首吗？王超越明白常旺宁为什么和有官职的同学拉开了距离，却和他这个平顶子老百姓越走越近了。

歌手们敬酒的程序进行完后，胡本忠说："常总，我父亲是农历十一月十二的生日，也就剩下十几天的时间了。刚好是六十大寿，我想为老父亲大操大办一场寿宴。他老人家吃了好多苦，我能让他老人家高兴一天，就要让他高兴一天。寿宴上的演艺活动，我请你们的文化公司策划演出。肥水不流外人田，演出费我不会少给你们。"

常旺宁大方地说："哪能要胡总的甚演出费，你就把歌手的出场费付了就行了。"

胡总说："这不行。不花两个钱，就是对老父亲的大不敬。给你们出的费用再高，也用不了我慈善捐款的零头。这事就这么定了。"

韦明亮说："胡总真是个大孝子。我们一定把令尊大人寿宴上的演唱活动，办成高规格的文艺演出专场。"韦明亮看起来举止有些木讷，其实说话都能说到点子上。

那个唱《灞桥柳》的女歌手，端着酒杯，走到胡本忠跟前，唱了一曲《常回家看看》。胡本忠站起来，与女歌手碰了一杯酒。

韦明亮说："这位歌手是陕北民歌大赛一等奖获得者，叫王玉。"

胡总急忙伸出手，与王玉握了握手，对王超越说："是你王总的一家子呀。"

王玉柔媚地朝王超越笑了笑。

王超越轻轻地点了点头。

韦明亮又宣布道:"请在座的领导老总献上歌一曲。谁先来?"

大家开始推让了,最后还是由常旺宁首先唱歌。常旺宁唱起了《咱当兵的人》。常旺宁当过兵,唱起这首歌,显示出了豪迈而有力的气势。

这才是曾经的常旺宁,有激情,有活力,有英雄的气质。学生时代的常旺宁喜欢打篮球,喜欢长跑和跳高跳远,他的身影经常出现在操场上。同学遇到困难了,常旺宁就会伸出援手,路遇不平,常旺宁挺身而出……常旺宁给王超越和同学们留下了太多的美好记忆。曾几何时,常旺宁的言行举止一天不如一天,随着时光的消逝,常旺宁留给同学们的那种美好记忆消失了,在同学们的眼中,已成为一个混吃混喝的交通警察。

十一

小车拐了个弯,离开宽阔的柏油公路,上了水泥公路。水泥公路是新修建的,崭新平坦,只是有些狭窄,刚能会过车。常旺宁一边开车一边说:

"这条水泥公路,是胡本忠向政府争取的款项修起来的。"

王超越说:"你对胡本忠的了解越来越深入了。"

常旺宁说:"没错。准备和他做生意,就要对他有所了解。这人太有能量了,好像没有摆不平的事情。"

王超越说:"我喜欢他的低调务实。你说,他这次给父亲办寿宴,怎么就高调了?"

常旺宁说:"一个大孝子呀。再说,把寿宴办好了,来的嘉宾又多又有身份,就更能影显他的实力,会有更多的人注意他,和他做生意。"

王超越说:"我不做生意,他也没请我,我算个做甚的?坐上你的车我就后悔了。"胡本忠本来没有邀请王超越,王超越也不想凑这份热闹,可是,经不住常旺宁的软说硬劝,就来了。

常旺宁说:"你是公司的副总经理兼会计,也是我的同学,又是我的参谋。有重大事件,你必须参与。"

王超越说:"那天,你不征求我的意见,就宣布我是副总了。"

常旺宁说:"有个头衔有人尊重。应付场面啊很重要。人家老叫你王超越王会计,我心里都不舒服。"

王超越说:"我早就习惯了。"

常旺宁说:"这个事你就不要跟我多说了。我又不是往火坑里推你。另外我给你说,胡本忠希望我们小额贷款公司给他贷五千万款,我觉得可以。永盛房地产公司贷我们的五千万款快到期了,那款回来了,我就准备放给胡本忠。我让你跟我一起来,像上次到内蒙古一样,帮我多长个心眼。我说过,我不会亏待你。"

王超越说:"这胡本忠像个做大事的人,我从心底里是信赖他的。不像那个赵总,一看就是没头没脑的混混。"

常旺宁说："你好像见不得姓赵的？"

王超越说："是的。"

常旺宁说："其实，这场面上的人啊，身边还得有两个混混，有两个混混，才热闹，好玩耍。我就觉得那个姓赵的经常打接电话，有气氛，又非常有趣。不出钱看人表演节目，谁能不开心？"

王超越笑了，说："原来，你常旺宁是把人家当成了耍杂耍的演员？"

常旺宁说："那你说我为甚请他吃饭喝酒呀？我又不准备和他做生意。和他在一起吃饭喝酒，我就是觉得开心。你说和武德雄那些有官架子的人，坐在一起，谁心里能舒服？只不过都是同学，就不计较罢了。"

王超越没吭声，心里却想：你以前不计较，现在已经计较开始了。人常说一山不容二虎，看来是对的。陈扬就对武德雄有看法，这常旺宁生意做大了，也对武德雄有意见了。以前，武德雄指派常旺宁处理交通肇事，常旺宁还觉得一个银行行长求他办事，是一种荣耀。现在武德雄再叫常旺宁去跑跑腿，常旺宁肯定不情愿，甚至会拒绝。

前边停着一长串小车，常旺宁的车跟在后边，也停住了。

王超越说："我下去看看。"

王超越下了车，看了前边的几辆车，却没有看到一辆车上坐着司机。王超越走了好长一段路程，才遇到了一个年轻人。

王超越问年轻人："前边出甚事情了，车都停在了路上？"

年轻人说："胡本忠家办寿宴，停在这里的车，都是来道贺的人开来的车。"

王超越问:"车再开不到前边了?"

年轻人说:"对。我在这里负责维持秩序。你们也是来参加寿宴的嘉宾?也开着车?"

王超越指着后边的车,说:"是的。"

年轻人说:"就停在那边吧。县长都来过了,车也是停在这里的。要是开进去了,就不好往回返了。"

县长都来参加胡本忠父亲的寿宴,王超越感到惊讶,问:"有几个县长?"

年轻人说:"有一正一副两个,上罢礼金就走了。记礼金也就是做个样子。胡本忠立了一条规矩:谁上礼,都不能超过二百块钱。二百块钱,谁能拿得出手啊。可胡本忠说,谁要是上礼超过二百块礼金,他一概不接待。那些记礼的人,也不敢多收啊。"

王超越走到常旺宁的小车跟前,说:"下车吧,县长的车都是停在这里的。"

常旺宁下了车,问:"快到村子里没有?"

王超越身后的年轻人说:"有两三里的路程。走吧。我是负责给宾客带路的。"

王超越和常旺宁跟着年轻人走了二十分钟的时间,才到村子的边上。他们路过看到一字排开停在路上的车辆,超过了一百辆,多数是百万左右的豪车。光从这些车辆就能看出,胡本忠有多大的人缘魅力。

胡本忠的生身之地叫胡家沟村,带沟字的村子,并不在沟里，是在土石坡上边的土渠里，土石坡的下边才是沟渠。

村里村外，三三两两，到处都是衣着光鲜的人。从山梁上能听到隐隐约约的锣鼓声。王超越站住侧耳细听。

年轻人说："这是市文工团在庙上唱戏，庙离村子远，唱甚戏听不清。"

常旺宁问："还有甚活动？"

年轻人说："有一班唱歌的人，就在家里演唱，有一班说书的人，在胡本忠的父亲面前说，还有两班吹鼓手，在胡本忠的祖坟里吹。这胡本忠，不按常理办事。村子里的人，谁家都没在祝寿的时候，请吹鼓手在祖坟里吹打。都是在早上上坟烧些纸钱，就算尽到孝道了。可胡本忠说在庙上有剧团唱戏，在家里有歌手唱歌，人神都热闹起来了，只有祖坟里没响动，祖先心里不会舒服。祖先都死了，哪还会有心理活动。这胡本忠只上过初中，没文化，脑子里也就是那种老年人的想法。其实不管是给神唱戏也罢，给人唱歌也罢，都是为了活着的人愉快。"

年轻人爱说话，一路上没停嘴。

年轻人又说："村子这几天热闹起来了，从来没这么热闹过。平时，就住着十来个人。"

王超越问："胡本忠的父母也住在村子里？"

年轻人说："住在村里。他们不会享福啊。儿子有这么大的阵势，他们还舍不得多花一分钱。真是没办法说了。"

年轻人带着常旺宁和王超越，绕过了坐落着破旧窑洞的山弯，来到了山梁上。对面的山坡上，有一座规模宏大的家院：正面是十孔青石头细面子石窑洞，窑洞垴畔上坐落着一栋平房，但可以看出，坐落在窑洞垴畔上的平房，不只是占据了垴畔，向后延伸了不少。院子两侧，是两排厢房，厢房外是顶着木柱子的走廊。大门高大宽阔，顶端两角蹲着两只琉璃狮子，铺盖大门的琉璃瓦和琉璃狮子，在阳光下熠熠发光。大门口边蹲着一对两米高的石狮子，龇牙咧嘴，显示着威严的神态。

年轻人把常旺宁引进大门，进了厢房。厢房里有几个人在记礼账收礼金。年轻人打招呼道：

"我的任务完成了。"

常旺宁说了一声谢谢，然后掏出一沓一万块钱。

记礼的人伸出手竖起两只指头，说："每人只收二百块，否则我们不引你们见胡本忠。这是胡本忠立下的规矩，谁都不能破坏。"

常旺宁在一万块钱里抽出四张，说这是我们两个人的，然后报上了名字。

记罢礼账，一个小个子年轻人，站起来，说："走，我引你们去见胡本忠。"

出了厢房，王超越和常旺宁意外地遇到了赵总。赵总热情地上前握住了常旺宁的手，问：

"常总，你们才来？"

常旺宁说："才来。你呢？"

赵总说："我昨天就来了。"

赵总一副真诚慎重的样子，望望常旺宁，又朝王超越点点头,似乎想让王超越和常旺宁认可他的诚心。

常旺宁意味深长地"噢"了一声,走了。

王超越淡淡地笑了,也走开了。这个人看见老板,总是扑着往跟前凑,胡本忠的父亲过大寿,他晓得了不来才不正常。

石窑洞侧面上楼的台阶口,有两个戴墨镜的年轻人把守。他们是在把守通道,不让人们随意上去见胡本忠。小个子年轻人给两个年轻人打了一声招呼,就引着常旺宁和王超越上去了。走在房子门前,小个子年轻人敲了敲门,说:"胡总,有客人来了。"

胡本忠拉开了门,看到常旺宁和王超越,立刻表现出受宠若惊的神态,接着握住常旺宁的手,连连说:"感谢光临,感谢光临。"然后他又握住王超越的手,说:"感谢王总的光临。王总从会计升到副总经理,我还没有专门道贺过。上次的饭局,还是常总的饭局。下一次到了大漠,我专门宴请祝贺王总的高升。"

胡本忠似乎很在意这种事。

王超越笑着说:"只不过是个空头衔。"

胡本忠笑着说:"头衔都是空的,只有身体才是真的。"

胡本忠引着常旺宁和王超越进了另一间房子。

房子非常宽大,正面的太师椅上坐着一位老年人,说是老年人,也就是六十岁。老年人身穿咖啡底色大红花的中式绸缎服装,神态安详,稳坐如打禅。正面墙壁上,挂着一幅彩色照片,主人公就是太师椅上的老年人。照片两侧,是写着"寿比南山,福如东海"的条幅,落款是永成书。永成是大漠最著名的书法家,在全国也有一定的地位影响。房子里还有一班说书弹三弦的盲艺人。他们听到有人进来了，就停止了弹唱。

胡本忠走到老年人跟前说："爸爸，常总和王总给您老人家祝寿来了。"

老年人站起来，双手合住上下晃了晃，以示感谢，然后伸出手，与常旺宁和王超越分别握了握手，不停地说"谢谢"。

胡本忠引着常旺宁和王超越从大房子里出来，三弦又弹响了。胡本忠笑笑说：

"老人家就爱听说书，还专爱听盲艺人说书。"

胡本忠与常旺宁和王超越又叙了一会儿话，门外又有人说有客来了，常旺宁和王超越起身告辞。

胡本忠将常旺宁和王超越送下台阶，又上去了。台阶出口有接待客人的女子。女子衣着时尚，举止大方优雅，像个专业的接待员。女子引着常旺宁，进了一孔窑洞客厅。客厅里还坐着其他客人。那个女子说：

"左边的四孔窑洞都是餐厅，你们什么时间想吃饭，就过去吃，也有酒，想喝就喝。这里的饭菜，都是大漠黄金国际大酒店的厨师的手艺，你们不要担心，放心吃。"

王超越问："你也是黄金国际大酒店的接待员？"

女子笑着说："我认识你们两位。你们吃饭，经常带着一班歌手。那个带歌手的人也来了，他给我们都唱了几曲。"

常旺宁说："你叫他过来，就说我们来了。"

女子说："好的。"

女子出去不一全儿，韦明亮就进来了。韦明亮在寿宴上搞演唱活动,来胡家沟村有几天时间了。

韦明亮一进门,笑着扑过来紧紧地握住常旺宁的手,说:"你们终于来了。有你们来,我就觉得心里轻松了。"

常旺宁问:"你这么有本事的人,搞这么个活动,心里还有负担?"

韦明亮满脸堆着笑意,说:"没负担,只是想在这种场合见到你常总。"韦明亮的笑容傻傻的,憨厚可爱。

常旺宁问:"那些歌手呢?"

韦明亮说:"在下院子里。硷畔下边的窑洞,是胡总的旧地方。他的父母平时还住在那里。这几天,我们在下院子搞文艺演出活动,也住在那里。你过去看看他们,还是我把他们叫过来?"

常旺宁淡淡地说:"都免了吧。"

韦明亮说:"那怎么能行。我把他们叫来。"

韦明亮说罢就转身出了门。

韦明亮只顾着讨好常旺宁,竟然没有与王超越搭话。王超越内心里感叹道:真是有钱才有人抬举。

没过几分钟,韦明亮就引着六个男女歌手进来了。几个女歌手娇滴滴的,直往常旺宁跟前凑,常总常总叫个不停。那个叫王玉的女歌手,拉住常旺宁的手,唱了两句陕北民歌:

羊肚子手巾三道道蓝,
我给哥哥擦一擦汗,
擦一擦汗。

王玉唱罢，就做了个擦汗的动作，用手摸了一摸常旺宁的脸面。

几个男女歌手拍手起哄道："亲一亲，亲一亲。"

王玉探头在常旺宁的脸面前晃了一晃，就离开了常旺宁。大家大声笑了。

又一个女歌手也要抢风头，唱起来了：

山丹丹开花背洼洼上红，
看见哥哥呀那达达都亲。
不爱哥哥的金来不爱银，
单爱哥哥的好人品。

王超越置身事外，冷眼看着歌手们的表演，他发现，这群人看见老板，都疯了。常旺宁却乐呵呵地拍拍这个歌手的背，拉拉那个歌手的手。这常旺宁，春风得意，风光无限，陶醉得飘飘然快要飞起来了。

十二

收到了刘地成汇过来的贷款利息，王超越买车的愿望比任何时候都强烈了。驾驶证前几年他就办下来了。这些天他手痒痒的，和常旺宁一起出去，在宽阔车流少的道路上，他不时替常旺宁开一阵子车。常旺宁夸他有开车的智慧。新手能开车开到他那种手段，少见。交警都夸他了，他对开车有了更大的兴趣。他和办公室的小余讨论了几天，确定了买大众系列的帕萨特。帕萨特是中型车，皮实耐用，高配价格近三十万，档次不低。钱不够，他可以办理车辆按揭贷款。有钱没钱，如今的人都爱搞按揭贷款。生命有限，多享受成了第一活法。

买下了车，办好了上户的所有手续，王超越开上了新车。开车出行他首先去了市农行。车到了大门口，他打开车窗玻璃，那个保安走过来，刚问了一句你找谁，就认出了王超越，立即来了个立正姿势，敬了个军礼。农行的领导进出大门，都享受这样的礼遇。

保安引导着王超越停好车后，说："领导不想锻炼身体了？"

王超越下了车，没好气地说："怕您再把我挡在了门外呀。"

保安说："不会。您就是拉上架子车，我也不会挡您了。"

这个保安五大三粗，次次说话王超越听着不顺耳，王超越没再理会，侧过了头。这时，他看到了常旺宁的路虎车。常旺宁经常说："咱没官没职，也是他武德雄在找咱办事，不是咱找他武德雄办事。咱不比他武德雄混得差。"据王超越所知，常旺宁从来没进过武德雄的办公室，可是武德雄和家人亲戚的车要是遇到交警找麻烦，武德雄总是找常旺宁。所以，常旺宁向来不服武德雄，常常说些风凉话。现在，常旺宁当了老板，饭局上疏远了武德雄，私底下又向武德雄靠近了。管钱的银行和挣钱的公司靠近了，只有一种解释：那就是经济作用。

王超越敲门进了行长办公室。

武德雄坐在办公桌后的大转椅上，常旺宁坐在办公桌另一端的一小圈的桌前椅上，两人正在高谈阔论。他们看到王超越，有些惊讶。王超越向来不是个闲着没事瞎溜达的人。

王超越坐在沙发上，张口就说："我今天是开着车来的。骑着自行车让你们的保安挡住了，开上车我看保安再会不会挡了。"

武德雄站起给王超越端过来一杯水，放在茶几上，说："你骑自行车遇到这种尴尬事不止一件两件，你买车后都要开着车去耍一耍威风？"

王超越说："只要我们互相认识了，他们笑话过我骑着自行车，就要开着车给他们看一看。这也叫往回挽颜面。穷了半辈子，该显摆一下了。"

王超越说罢，三人大声笑了。

武德雄笑着说："在同学们眼中，你王超越是个本分人，现在也张扬起来了。钱的作用真大。不过，常旺宁却越来越低调了。"

常旺宁突然苦笑道："压力大呀。你说我要替多少人的资金着想啊。王超越是我们的会计，他清楚，人家投在我们公司的钱，都超过亿了。我要保证这些资金的安全，就要操心呀。人家投在我们公司的钱一旦出了问题，那是甚下场？你武德雄是官办银行的行长，你就没有我这么大的压力。还是当官员好。"

武德雄坐回办公桌后的大转椅上，说："唉，各人有各人的难处。"

常旺宁说:"王超越,车就放在农行院子里,不要开了。今天下午,我们请领导吃饭,你也陪我去。其他同学,就不请了。你是我们公司的人,陪一陪也是正常的。"

王超越本来想向武德雄试探试探,看能不能再在农行贷点款,可估计常旺宁也是来求武德雄的,自己再张口,同学们扎堆上门,恐难有好结果,也就顺着说:"行。下午也没甚事情。"

武德雄问:"你今天真的是来炫耀车的?"

王超越说:"是的。活得太压抑了,也就想出出气。"

武德雄说:"我怎么就觉得你像一个苦大仇深的贫下中农。你好歹也是一个国家公务员呀。"

王超越说:"我们这些无职无权的小公务员,就不如一个小老百姓活得痛快,到处要看人家的眉眼高低。骑着自行车也要看人家的眉眼高低。本来我觉得骑自行车也是挺好的,现在自行车骑不成了。花上几十万块钱,买了这车,几十万块,你说我能不心疼吗?"

武德雄和常旺宁这才明白,王超越的气愤是真的。不过,他们都不相信王超越专门来向保安炫耀新车的。王超越执意不说找武德雄的目的,他们也没有必要再询问了。

周末的下午,出入行长办公室的人并不多。银行的人,敲门开开门,看到行长办公室有人,就会退出去轻轻地拉上门。也有一个中年人,开开门时让武德雄叫住了。武德雄吩咐说,下午要把省上的那几个客人招待好,自己另有应酬饭局,就不出面了。

其间，还有几个人打过来电话，约武德雄去赴宴。武德雄没有理由地拒绝了，看起来不是什么重要的人。

五点钟刚过，三人就动身了。常旺宁和王超越都没开车，坐武德雄的专车。专车有专职司机。有司机开车，就不用为开车操心。

武德雄的专车到了黄金国际大酒店的门口，停住了。常旺宁、武德雄、王超越先后下了车，昂首阔步地走进黄金国际大酒店。

站在门口的两排门迎，齐声说："下午好！"然后，两排衣着统一的门迎统一弯下腰，行了个鞠躬礼。一个门迎过来问领导在哪个包间，就在前边带路了。

大厅里的气氛和谐而热烈，妙曼的轻音乐声萦回缭绕，出出进进的人大都精神饱满，意气扬扬。能在全市最豪华的酒店消费，都是有身份的人。

王超越和常旺宁、武德雄进了包间，看到有几个年轻的男男女女在包间活动。武德雄首先就愣住了，以为走错了，正准备往出退。

常旺宁说："这是我们的人，给咱们演奏唱歌助兴的。"

武德雄"哦"了一声，向餐桌走去。

常旺宁让武德雄坐在上首，武德雄自然没客气，坐在了上首。常旺宁没有坐在武德雄身边，而是坐在左边与上首隔一个座位的椅子上。

包间非常宽大，约有七十平方米，可以举办小型的舞会。那几个年轻人把凳子摆在了空场地上,做吹拉弹唱的准备工作。

常旺宁说:"我投资了一百万,和浩泽区少年文化活动中心的副主任韦明亮合办了一家文化传媒公司,搞婚筵庆典,搞专场演出策划,也搞专场演出活动。以后我们还准备拍数字电影。这个公司我的投资大,我当董事长,韦明亮投资少,当总经理,搞经营。这些年轻人就是传媒公司的兼职演奏员和歌手。"

武德雄说:"你这么散淡的人,搞起事业来,胃口一天比一天大,玩起命了。"

常旺宁说:"出于工作的需要嘛。你看我们今天就用上他们了。要是我们请另外的一班人来演唱助兴,搞这么个聚餐演唱活动,没五千块钱,连门都没有。我们自己的团队,成本不到一千块钱。"

常旺宁的话刚说完,一个沉稳的中年人进来了。中年人中等身材,瘦脸颊,梳着大背头,穿着蓝夹克蓝裤子,看起来是个普通人,但那沉沉的气势,显示出内敛干大事的气派。

王超越见过眼前这个中年人的照片,知道来人就是大老板田仕成。

常旺宁急忙站起来,叫道:"田总。"

田仕成应了一声,走到武德雄跟前,亲热地叫道:"武行长,您好!"

武德雄站起来与田总握了下手,客气地叫了一声:"田总好。"

常旺宁指着他身边靠着武德雄位置的空位子,说:"田总,您在这里坐。"

田仕成坐下后，常旺宁笑着发出疑问："武行长和田总认识？"

武德雄说："大漠的大老板，我不认识的少。只是和田总的交往比较少。田总好像一直在和工商银行打交道？"

田仕成说："对，多少年了，成了老关系户了。早就想请武行长坐一坐，可名头不大，走不在人前。只能请常总出面，宴请武行长。"

看来，今天的饭局是常旺宁请客，田仕成做东。

武德雄大方地说："田总太谦虚了。你有那么大的房地产公司，有那么多的钱，银行对你们来说，没用了。说不定我还得找你帮忙，拉储蓄呢。有机会，我请田总。"

武德雄说话的口吻非常客气。在大老板面前，银行行长展现出了友好的姿态。

田仕成说："武行长这么说，就太客气了。改日我一定登门拜访。"

武德雄问："房地产的生意怎么样？"

田仕成说："都在高价抢地皮，利润越来越薄了，房子快卖不动了。资金是个问题。"

说到资金，武德雄不吭声了。银行就是资金的象征。有人在银行行长面前说到资金，那意向就明了。武德雄不会轻易谈起资金的流转问题。

武德雄不说话了，常旺宁对田仕成说："这位你不认识吧，这就是王超越，咱小额贷款公司的兼职会计。因为常要跟着我出去，我最近又把他任命成了副总经理。"

王超越在小额贷款公司当了几个月会计，还是第一次见到田仕成。田仕成不太关注小额贷款公司，他把主要精力都放在房地产的经营上了。王超越急忙站起来，伸手与田仕成握手。

田仕成也站起来，握住王超越的手，说："辛苦了，王总。"然后，他又看了武德雄一眼，说："我晓得你们三人是要好的同学。"

武德雄笑着说："没想到，王超越也有人叫王总了。王超越是我们同学中最有才华的人，安于清贫，不凑热闹，不图官不图利，活得自在。"

王超越笑着说："也被你们拉下水了，只是还没到深水区。"

武德雄笑着说："我没说错吧？你们看他说话多有水平。"

大家都笑了。

又有武德雄的三个老朋友到了，坐在了武德雄的右边。

韦明亮最后一个到场，进了门，连连说："对不起，下午单位开会，让主任缠住了，脱不了身。咱们的人都来了吧？"韦明亮说着又扫视了一眼雅室。看到那几个歌手和演奏员，韦明亮长吁了一口气。

常旺宁向武德雄介绍道："这是我们文化传媒公司的总经理，韦明亮。田总有自己的房地产公司，又和我合伙办了家小额贷款公司，我又和韦明亮合伙办了家文化传媒公司。我们这是一环套一环。哈哈。"

韦明亮说："尊敬的各位领导好，能和大家坐在一起很高兴。我给各位领导首先唱上一曲。"

韦明亮胆大不识羞地唱起了祝酒歌：

> 各位领导晚上好，
> 我与领导碰了个巧。
> 领导就是真英雄，
> 万事通顺能高升。
> 我为领导行个礼，
> 祝愿领导梦想都成真。

韦明亮唱罢，就敬了个标准的军礼。

韦明亮用唱词表达了对领导的尊重，尽管唱腔唱词都有些俗套，充满了奴颜媚骨的气息，不过大家听着舒服，高兴地拍起了手。

韦明亮客气地说："这酒还没开始喝，我不能唱祝酒词。我只不过用唱歌向各位领导打个招呼。"

常旺宁说："好。人都到齐了，咱们的宴会就开始吧。"

常旺宁的话音一落，一声欢快的二胡声响起了。

大家站起来，举起酒杯，互相碰起来。

大家重新坐好后，小提琴的声音响了起来。从此开始，除了歌手唱歌，演奏的乐曲就没有停下来，一会儿是小提琴，一会儿是二胡，一会儿又是吉他。

大家正在欢快的气氛中喝酒叙话时，常旺宁的手机响了。常旺宁接罢电话后，站起来，出去了。过了一会儿，常旺宁进来了，还带进来一个人。

来人是胡本忠。大家一听说此人是胡本忠，都站起来热情地让座。

胡本忠站在餐桌下端，说："今天这个地方就是胡某人的位置。要是各位领导还要礼让，胡某人只能走人了。"

服务员已拿过来椅子，放在了下端，胡本忠随后就坐下了，还说："能遇到这么多的领导，胡某人其实不想走。"

听胡本忠这么说，大家也再不好谦让，都坐下来了。

胡本忠说："我就在这里吃饭，给常总打了个电话，常总就把我叫来了。今天晚上的后续活动，由我为大家服务。周末了，请各位领导放松一下。"

胡本忠说罢，站起来，拿起酒杯和盛酒器，向武德雄走去。

胡本忠给武德雄斟了一杯酒，说："请，武行长。"

武德雄站起来，端起酒杯，问："我们见过面？"

胡本忠说："我见过武行长。武行长这么大的领导，全市的领导还有老板，我几乎都认识。我出道太迟，武行长不可能认识我。"

武德雄说："和你这个大老板相比，我还是差远了。你能自由自在地上报纸上电视，我们就不能。领导都有领导的规矩。"

胡本忠望着武德雄手中的酒杯，说："武行长真是个平易近人的好领导。请。"

武德雄和胡本忠碰了一下酒杯，双双一饮而尽。

胡本忠又问："酒再从哪位领导开始敬？"

大家都在互相谦让，不过，最后都听了武德雄的话，从田仕成开始敬酒，然后挨着转过来。

胡本忠敬罢酒，再没多说话，一副沉稳谦恭的样子。

那些歌手，一个接一个地端着酒杯，唱着歌曲向大家敬酒。王玉最胆大，不住地拍拍这个人的肩，拉拉那个人的手，带着打情骂俏的意思。大家也争着戏逗王玉。

有美女陪着喝酒，吹拉弹唱，大家沉浸在欢乐的氛围中。几个小时的时间不知不觉地就过去了。

酒足饭饱玩耍好了，大家准备散场时，胡本忠挡着不让走。胡本忠诚恳地说：

"楼上有歌厅，我都安排好了，咱们再消遣消遣。"

胡本忠执意要请大家，也是个面子问题，大家都只能随胡本忠的意了。只有田仕成说家里有事，先走了。

常旺宁说田仕成这人老成持重，从不进歌厅舞厅。

歌厅在酒店的十楼，大厅非常豪华，一进去就感觉到艳丽的氛围和脂粉的气息。在服务员的引领下，胡本忠他们进了一间大包间。包间里，站着一排衣着暴露的女子，个个昂首挺胸，乳房高耸，色眯眯地盯着客人笑。

胡本忠说："一人带一个，看上谁带谁。"

武德雄和常旺宁没有客气，一人带着一个女子离开了，接着其他人也挑选到自己满意的女子，走了。他们都进了小包间，只有王超越站着没动，他从来没有进过这种场合。

胡本忠说："王总，这么好的资源，不能浪费掉啊。"

王超越摇了摇头。

胡本忠说:"不要客气了。男人嘛,喝上两口酒,就没脸面了,都是这个样子。"

王超越说:"我不会。我不是老板,也不是领导,这不是我们老百姓做的营生。"

胡本忠说:"这营生也不赖呀。领导老板能做你为甚不能做?"

王超越说:"没资源。"

胡本忠说:"你说甚笑话哩。今天黑夜我全夜包场了,既安全,又不用你掏一分钱。"

王超越坚决地说:"对不起了。我就坐在这个厅里。"

胡本忠说:"那我就没办法了。我也不进小包间了,就在这大包间里陪你了。"

王超越笑笑说:"你随便,我随便。"

胡本忠说:"上次你们来参加家父的寿宴,我没有送你们起程,也没陪你们吃饭,实在是不好意思。好多人都要上重礼,我收人家的重礼成了个甚事情呀?我只能往开躲,躲的办法就是回避一般性的礼节。你和常总没见怪吧?"

王超越说:"理解。你胡总太有人情味了。"

胡本忠笑了笑说:"如果人人都有人情味,在这个世界上活人就活得自在了。"

王超越有些发困,眼皮沉沉的,没再说话。胡本忠看出来了,说:

"我本来也没打算带女子进小包间。有武行长那么大的领导,我得在安全上负全责。这样吧，你实在不想进小包间，就到客房里睡觉去吧。"

王超越点头说行。

胡本忠招手叫来了一个女子，指着王超越说你把他带在客房里休息。胡本忠还强调道："他想做什么你就陪他做，钱你向我要。"

那个女子笑盈盈地请王超越走。

王超越跟着那个女子，来到了十一楼上的客房。

一进门，那个女子就紧紧地抱住了王超越。王超越着急地问："你要干什么？"

女子说："大哥，你要给我这个挣钱的机会哟。"

世上还有这种女人？王超越愤怒了，一把推开女子，大声吼道："你滚！"

那个女子灰溜溜地走了，临出门时说："假装正经。没绅士风度。不同情弱女子，你也算不上好人！"

王超越躺在床上，关了灯。灯红酒绿，纸醉金迷，这就是繁荣给人们带来的幸福生活？这些天，他跟着常旺宁，经常进出高档饭店，过着奢侈的生活，他适应不了了。他一个农民儿子，考上了大学，分配在政府部门工作，能走到今天这一步，他已经知足了。领导不提拔不重用，他没有怨气。他只想平稳地过自己的生活。想到平稳的生活，他一惊，自然就想到了放出去的款。他在想，这个周期的放款期到了，他就连本带利收回来，不再放贷了。他不想再担惊受怕。毕竟，放高利贷有风险。他突然想起，今天下午他还找武德雄，准备向农行贷一笔款。幸好没开口，贷款的事就此打住吧。已经有了一辆档次不算太低的小轿车，也有房子住，他不再需要太多的钱，也不再操太大的心。今天进包间的这些人，都是干大事的人，操心过大，拼命地挣钱捞钱，心理负担并不轻，包括武德雄。他还在谋求上更高的职位。他们进包间寻欢作乐，放纵自己，其实也是在减轻自己的心理负担。他没有太大的负担，他该远离奢靡的生活，既然是一个老百姓，就过一个普通老百姓的生活。

十三

不经意间，人人手中有钱了。有钱了好，有钱了就能吃香的喝辣的，今天你请客，明天他做东，同学聚餐，朋友喝茶，宴请领导，犒劳部属，再到歌厅吼上一嗓子，日子过得饱满愉快。二〇一三年的春节，大漠到处都洋溢着欢乐富足的气氛。吃喝玩乐，高消费高享受，人人都在任意尽情地享受生活的乐趣。

春节假期过了，公职人员上班了，可是余兴未尽，办公室里，一直洋溢着兴奋愉快的氛围。人们不再盯着单位上的那点小利小职小权，对升迁也没多大的兴趣了。小乔是个活跃分子，首先宣布要请全科室的人吃饭。

小余高兴地说："好啊。美女请客，更让人兴奋。你请罢客，我再请。"

小乔不屑地说:"你就算了吧。"

小余的家庭生活一般,没车没房,更没找对象。大家都不想让小余破费。

小余说:"我总得表现一下呀。学不会表现,就找不下对象。"

小乔还是不屑一顾的神情,说:"你小余,没女人缘,表现也没用,等着打光棍吧。"

小余急了,挠挠头发,说:"鼠目寸光。"

看到小余着急的样子,王超越转移了话题,问:"你放出去的款,收回来了多少利?"

小余说:"两万。"

科长说:"也不错,小本就是小利。"

到了下午四点钟,小乔说:"能走了,包间我都订好了。"

科长说:"这么早,都走了,不太合适吧?"

最近科长不再到处套近乎了,安分守己地坐在办公室里。大家都在忙着搞投资,他要求不到下班时间,办公室里最少也得留一个人。

小乔说:"都忙着搞投资,谁盯咱们哩?早点儿吃完饭,我好送你们回家。太迟了,我一个小女子开车回家,你们放心吗?"

小乔这么热情,大家也不想扫小乔的兴,都同意早点儿走。

三个男人,坐上了小乔开的宝马小轿车。据小乔说,这辆宝马车,花了一百多万。

到了吃饭的地点,小乔下了车,从车里拿出来两瓶茅台酒。三个男人看见茅台酒,眼睛都放大了。虽说都富了,但对他们这个层次的人来说，茅台酒仍然是稀罕之物。近两年，飞天茅台酒一路飙涨，涨到两千多块钱了，两千多块钱还不知是否买到了正宗的茅台酒。

这是一家小饭店，规模不大，包间的格调却温馨优雅，饭菜看起来清爽上档次。小乔说她经常在这里请客吃饭。

坐好后，科长郑重地宣布，他办好了护照签证，五天后就到欧洲去旅游。

大家惊讶地望着科长。科长平时总是把一分钱当一块钱使用，花单位的钱他都是能节约一分是一分。

小余问："是公费还是自费？"

科长不以为然地说："当然是自费。一辈子没沾单位的光，现在还看单位的那两个小钱？"

王超越问："你旅游几天，得花多少钱？"

科长说："十天时间，三万块钱，小数字。我放款的公司垫付，以后在利息中扣除。回来我会给你们带礼物的。"

小乔惊呼道："太好了。咱们三人首先敬科长一杯，祝科长一路顺风。"

三个人依次一一向科长敬了酒。接下来，三个男人喝酒，小乔斟酒。

吃了喝，喝了吃，三个男人一会儿划拳，一会儿吹牛，兴致高极了。

小乔聪明灵活，她明白，只要科室的三个男人吃好了喝好了，她在办公室才有自由挥洒的空间。用金钱铺垫起来的幸福，也是幸福。

两瓶茅台酒，三个男人喝完了，都喝得醉意蒙眬。

从饭店出来，王超越感慨地说："真是没有尽头的好日子呀！"

小乔的客没白请。科长到欧洲旅游去了，省统计局通知市统计局统计人员参加五天的培训会议。王超越代行科长职责，征求两位年轻人的意见。小乔高呼着说她正想去省城玩几天。是开会不是玩。王超越心里不悦。不过，吃了人家的口软，拿了人家的手短，王超越同意小乔和自己一起参加培训会。

在省城开会期间，每当有人听到他大漠的口音，就以羡慕的口气说："你们大漠人，太有钱了。"上街买东西，他一说话，服务员的态度就变了，笑容满面，不停地围着他转，讨好地夸他身材好，有气派，像个大领导，要不就是像个大老板。他顺路在一个售楼处转了一圈，两个年轻的售楼女子热情地围住了他，一口一声领导老板，还不时叫一声大哥，簇拥着他看这张图纸看那个沙盘模型，他差点儿就脱不了身。他回来给小乔说这个情况，小乔说这几年，大漠的人买省城知名楼盘，都是几套几套地买。有些老板连房子都不看，就托人把一个单元十几套房子买下了。那些售楼的女子，见了大漠的人，下跪磕头都正常。省城的房价涨得快，大家都认为是大漠人一窝蜂似的拥向省城买房子，带动起了房价。自从三年多前送儿子上大学来过省城，王超越再没出过大漠的地域。这次到了省城，他感受到了大漠经济繁荣带来的礼遇，心里膨胀起了做一个大漠人的自豪。

十四

王超越到单位上班的时间越来越少,去小额贷款公司的时间越来越多,仿佛小额贷款公司就是他自己的公司。常旺宁频频地打电话,有事没事,总想叫他到小额贷款公司来,和他分析市场经济运行情况,探讨扩大融资的路径。

浩泽区政府召开优秀企业家餐叙会,区长主持餐叙会,区委书记讲话,然后餐叙交流。参加餐叙的企业家共五十个名额,允许每一位企业家带一名助手或者家人。浩泽区是大漠市府所在地,企业的区域名称不管是大漠市还是浩泽区,在浩泽区的地盘上,企业家的个人户口在浩泽区,就可以称为浩泽区的企业家。五十个餐叙名额并不多,常旺宁不知怎么搞到了一个餐叙名额。因为像小额贷款公司这种企业,就是小公司。常旺宁拿到餐叙名单,兴奋地向王超越炫耀。王超越看到,精致的红色折页硬纸上,小额贷款的全称"赫然"印在所有公司的后面,当然,印在前面的公司,都是大名鼎鼎,田仕成的地产公司也位列其中。常旺宁要带王超越参加餐叙会,王超越不想凑这份热闹。他意识到,他们这种不知名的小公司,出席那种大场合,肯定是受冷落的对象。可是,常旺宁执意要带王超越。他觉得王超越给小额贷款公司出了不少力,带着王超越出席这种盛大的场合,是对王超越的奖赏感谢。王超越拗不过常旺宁,同意了。

餐叙地点在黄金国际大酒店。酒店正面披挂着彩色条幅,门前的停车场飘荡着氢气球悬拽起的彩色条幅，条幅上是祝贺的词条，也有企业的名称，一派节日的气氛。停车场不能停车了，那些老板的车，到了广场前，停下来，等老板下车了，司机就将车开走了。常旺宁是自己开车来的，看到停车场不能停车，只好开走车，在很远的地方才停好车，和王超越一起步行来到黄金国际大酒店。

接待大厅侧边，有一排覆盖着深红色桌布的桌台，竖着报到处的大块头桌签，桌台后站着一排礼仪小姐。常旺宁和王超越报到后，由礼仪小姐引着，来到一楼餐厅。餐厅气氛热烈，企业家们三三两两，凑在一起，互相交流，大声说笑。有些企业家，派头不小，说话腔调霸道，指手画脚，笑声张狂，一看便知道就是人们常说的煤老板。为数不少的煤老板，少年家穷，没上几天学，但有头脑、胆大，靠开采小煤矿暴富，富裕之路奇特，富裕之后奇闻逸事不少，就有了煤老板这一不太受人尊重的称呼。餐桌的中间摆着鲜花，摆着各种水果，周边摆着桌签。常旺宁和王超越由礼仪小姐指引着来到自己的座位前。参加餐叙的企业家中，常旺宁和王超越只认识田仕成，他们寻找田仕成的身影，却没有找到，他们这才去看刚才在报到处拿到的座位指示标识图单。图单上没有看到田仕成的名字。常旺宁给田仕成打电话，田仕成的手机关机，这让常旺宁感到意外。田仕成很少关机，除非坐飞机。大老板们似乎很熟，都在热烈地打招呼交流，只有常旺宁和王超越没有熟识的人，没有人和他们打招呼，他们感到不自在。常旺宁既想寒暄说话，表现自我，可找不到对象，只能显示出内敛、稳重、气势十足的老板形象，端坐在椅子上，两只胳膊搭在餐桌上。王超越看到常旺宁这种模样，觉得滑稽好笑。常旺宁当老板时间不长，尚未培育起财大气粗的气势，再怎么装，也掩饰不住小家子气息。

突然，喧哗吵闹的餐厅安静了，王超越掉过头，看到正面高出地面的台子上，站着两个中年男人。他们在电视画面中早被人们熟知了，一个是区长，一个是区委书记。区长主持餐叙会，首先感谢大家的光临，然后宣布在餐叙开始前，由区委书记讲话。

书记在讲话中，首先倡导大家借今天的机会，互相交流，共商建设浩泽区的大计。然后话锋一转，建议各位来宾，为即将开建的标准化中学浩泽中学集资，建议煤老板的集资不要低于五百万。区委书记开着玩笑说："地下的资源让你们煤老板占有了，你们就要培育地上的资源。什么是地上的资源？地上的资源就是人才资源。怎么培育人才资源，当然要靠学校。"

突然，有一个老板站起来，大声说书记说得好，接着鼓起掌来，大家都跟着鼓起了掌。站起来的人说他捐资一千万，又一个人站起来说他捐资两千万。捐资的仪式还没宣布，就提前开始了。几个工作人员和礼仪小姐手忙脚乱地在台上摆桌子。接着区长请捐资的企业家上台签字认捐。

常旺宁在书记讲捐资的话题时，就傻眼了。常旺宁听田仕成说有这么一场餐叙会，就偷偷地找了在市政府办公室当副主任的战友，战友又找了区政府办公室的主任，主任又请示了区长，才将小额贷款公司列入了名单。他想借机多认识几个大老板，宣传小额贷款公司，向公众展示小额贷款公司的实力，扩大放贷渠道。没想到，参加餐叙会还要出这么大的"份子钱"。

常旺宁坐立不安，王超越注意到了，也坐不住了。小额贷款公司成立一年多来，业务开展得还不错，不过，并没有多余资金，集资和盈利两项资金，在账上并不会停留多长时间，就放出去了。捐资五百万，就是认捐五十万资金，小额贷款公司一时都提不出来，王超越比谁都清楚。

老板上台捐资的数额，都由区长报出，每报出一次，大家都会热烈地鼓掌。田仕成的地产公司捐资二百万，是副总经理代捐的。大名鼎鼎的地产公司老板，捐了二百万，让人感到惊讶，从那些稀稀落落、犹犹豫豫不怎么用力拍的掌声中，就能觉察到人们对田仕成捐资不满的态度。常旺宁这时才明白田仕成为什么不出席餐叙会，也关掉了手机。田仕成是囊中羞涩，还是不愿多捐？区长宣告出的认捐金额，二百万最少，五百万为多数，一千万、两千万，最高有人捐资到三千万。书记在开始的讲话中说，捐资人员姓名和金额，将会刻在由巨型整块花岗岩石做成的功德碑上，长久保存，流芳百世。有钱喜欢流芳百世的老板，多出点钱心甘情愿。常旺宁也想流芳百世，可没有那钱。他趁人们不注意，迅速抽掉桌签上印有自己名字的纸块，然后又有些不管不顾地抽掉了王超越桌签上的纸块，随后拉了一把王超越，站起出去了。

坐在车上，常旺宁竟然乐了，高兴地说："今天算看到大场面了。"

王超越担忧地说:"一对照,就知道你没有认捐,是不是太丢人了?"

常旺宁不以为然地说:"甚丢人!我才不做那种打肿脸充胖子的事。"

王超越笑着说:"出席这种场合,你本来就是打肿脸充胖子。"

常旺宁和王超越回到小额贷款公司,等待他们的是另一场尴尬场面:市电视台的记者,已经在等候采访常旺宁。记者说他们兵分几路,到企业家办公场所等候采访,今天晚上就要将餐叙捐资的盛况报道出去。记者还说,餐叙名单中的第一名和最后一位,还有中间的两位是首批采访对象。对付小记者,常旺宁还是游刃有余,他说:

"对不起,记者同志,我的客户出了重大事故,我要去帮忙,就不接受采访了。"

年轻记者又问:"您今天捐了多少资金?"

常旺宁说:"顾不了那么多了。"说得好,一语双关。常旺宁装着在办公室拿了件衣服,对王超越说了一声"马上走",就出来上了车。

车开出正德街,常旺宁问王超越:"咱们去哪里?"

王超越大声笑着说:"去剧场?"

常旺宁疑惑地问:"去看戏?"

王超越仍笑着说:"演戏。"

十五

王超越再次走进胡本忠办公的院子，不由得笑了。不到两年的时间，就两次到了原本不相干的地方，结交了一个原本不相干的人。与胡本忠约好了见面时间，胡本忠却不在。女秘书把王超越引到了会客室。会客室非常宽敞，墙壁上挂满了各种奖牌，还有锦旗。看来，胡本忠的慈善事业做得风生水起，受到了各级政府和机关的表彰奖励。王超越明白，这些没有多少利益价值的奖牌和锦旗，都是用巨额资金运作出来的。胡本忠一直没有回来，年轻的女秘书不时走进会客室，朝他笑笑，续上茶水。快到晚饭时，女秘书又走进来，声音甜甜地说：

"王总，胡总安排好了饭局，在金都国际大酒店。我开车送您过去。"

女秘书长相清纯漂亮，谈吐优雅，开车利索。王越不由得想起了自己办公室的小乔。相比之下，小乔就显得有些轻浮了。胡本忠能把这么优秀的女子吸引在自己跟前，魅力不小。

女秘书把王超越送进包间，就出去了。大包间里，只坐着胡本忠一人。王超越有些诧异。难道饭局只有他们两人？

胡本忠一见王超越，上前紧紧地握住王超越的手，面带歉意，忙不迭地说："王总，慢待了，慢待了。今天确实是有要紧的事，走不开。"

看到胡本忠诚恳的态度，王超越下午等胡本忠时的怨气就消散了，忙客气地说："没事没事。"

两人落座后，胡本忠接着说："今天的饭局就咱们两人，清静点，好好叙叙话。"接着胡本忠又叹息了一声，"好累呀！"

胡本忠确实累了，身子靠在椅背上，懒洋洋的状态。直至服务员端上来饭菜，胡本忠的精神才振作起来。胡本忠指着饭桌上的两瓶茅台酒说："今天咱俩把'它俩'干了。"

胡本忠的酒量不小，可通常不会放开喝，他说喝酒喝多了误事，也会出言不逊，说一些不该说的事。胡本忠向来低调、话少，声音也不高，可今天就没那么沉稳了，大声地说话，口气有些狠。

王超越和胡本忠先碰了三杯酒，然后各自用身边的酒壶给自己斟酒，然后端起自己的酒杯喝酒，简单方便，像两个经常在一起喝酒的老友。他们一边喝酒，一边叙话，但都没有谈实质性的问题。王超越想谈张不开口，这才叫吃了人家的口软。胡本忠深谙此道，刻意回避王超越想要谈的话题。不到半小时，两人就喝了一瓶酒。酒至半酣，胡本忠说：

"就咱俩，干脆坐在沙发里喝。坐在椅子上挺得时间长了，难受。"

王超越说："行。"

两人将酒菜端在茶几上，坐在沙发里。坐在沙发里，打开第二瓶酒后，胡本忠叹了一口气，语气沉沉地说："今天半天时间白忙活儿了，让你老兄坐了一下午冷板凳。说实话，今天的事，真窝心。县上有项市政大工程，五亿多的资金，让人家抢走了。

县长书记早先都表态给我大工程，可真正有了大工程，他们给了人家。前年县二中要扩建，他们要我赞助五百万，我二话没说。当时他们又是发奖状又是开表彰会，把我抬举得像个威神。没到两年时间，他们就把这事忘了。当官的真不是东西！"

王超越问："你是不是没给领导送钱？"

胡本忠说："以前没少送。县长和我关系铁，可那个书记和县长有意见。这次搞工程的人是书记推荐的，说是副省长的亲戚，跟市委书记也有一腿。那些关系，鬼才信呢，还不是利益交换。这事黄了，让我心疼得流血。"

胡本忠又给酒杯斟满了酒，说："今天咱们就喝个够。我有好长时间没这样喝酒了。今天就放纵一下自己吧。"胡本忠说罢，端起酒杯，一饮而尽。

两人又喝了几杯酒，胡本忠感慨道："我早先要是有你那么好的工作，肯定不做生意。做生意太难了。要想挣大钱，十八般的武艺都要会。在官场做生意，更难。在咱们这地方，不跟官方做生意，就很难赚大钱。可那些贪官，真是贪得无厌，还他妈的真会装，装得真像个圣人。真累呀！"

胡本忠说着，头又靠在了沙发上。看来，市政工程没搞成，对他的打击非常大。平时，他的言语并不多，今天他说起话来没完。两瓶酒快喝完时，胡本忠的情绪不受控制了，可他的思维却非常清晰。

胡本忠说，他十五岁初中还没有毕业，就辍学了，接着进城开始闯荡社会。他先到建房工地当了几个月的民工，随后到汽车4S店当修理工学徒。一年多后出师,他有了一份不错的收入。要不是一个老板出现,他也许会当一辈子修理工。那时他刚十七岁,就和比他大两岁的销售顾问谈上了对象。有一次老板到4S店保养车,顺边校正了一下方向盘。他试车时,老板看着他开车技术过硬,就问他愿不愿意给他开车,工资比4S店要高。他和对象商量后,就给老板开车。从给老板开车开始,他内心就升腾起当老板的欲望。

有一天,车子停稳后,他首先下了车,急忙拉开后车门。老板慢腾腾地从车里下来,没正眼看他一眼。他取出公文包,跟在老板身后。老板站住了,头都没回地说:"你不用过去了。"他提了提公文包,向老板示意公文包怎么办。老板摆摆手,示意不带了。随后,老板大步流星地走了。老板身材伟岸,步履沉稳,神采奕奕地向那伙儿人走去。那伙儿人?说法并不恰当。官员、大款、名人,还有他的老板。老板自信而沉着地和那些人寒暄。这才是成功人士!那一场景,深深地印在了他的脑海,挥之不去,出人头地的欲望一天比一天强烈。

他离开汽车4S店不久,对象跟一个教师谈上了恋爱。他有些懊恼,不过,他后来和一个刚毕业的大学生谈上了恋爱。大学生在百货柜台卖衣服,他买衣服,就认识了。有一次他上车开车时,看到她走过来了,他又下了车,邀请她上车,送了她一程。他要了她的手机号,就这么一来二去,谈上了恋爱。一有空,他就开上老板的车,叫上她,到处兜风。有人给老板告了状,老板没说过他。后来他和这个大学生结婚、生子,过上了圆满的家庭生活。他日夜在想，怎么才能给这个大学生妻子更好的生活。

他给老板开了六年车后，出来单干了。不是他主动提出要单干的，是老板打发他走的。他至今不明白老板为什么让他走，老板怎么看出了他想当大老板的野心。

记得，那天上午，老板把他叫到办公室，却不说话，背靠大转椅，悠悠地摇晃，显得漫不经心。他坐在椅子上，等着老板发话。突然，老板一怔，似乎想起了什么，坐直身子，说："我叫你来，是有事的。怎么就忘了？"

老板拉开抽屉，找出了一个存折，掷过来，他愣住了，他有些茫然，并没有看存折里的内容，傻愣愣地望着老板。

老板说："你跟我时间不短了，应该有五六年吧？"

他说："六年多一点。"

老板笑了笑说："一个毛头小后生，已经成了家，还找了个大学生女人，不简单。"

他急忙说："感谢老板的照顾。"

老板又笑了，说："我不可能照顾你一辈子，你该立业了。存折里有二十万块钱，能搞点名堂，就看你会不会搞。我起家时，连一万块钱都拿不出来。"

他诚惶诚恐地说："我还是侍候您吧。"

老板摇摇手，神情严肃起来。这时的老板，是威严的，再说与他意见相左的话，就会受到训斥。他侍候了老板六年多，对老板的脾性一清二楚。

老板又说："你脑瓜子灵，又稳重，像个干大事的人，我不能耽误了你的前程。"

老板是在开玩笑吗？显然不是！老板从来不和下属开玩笑。不管老板说的是真是假，他干大事的欲望膨胀起来了。

从老板办公室出来，他把随身带了六年多的奥迪车钥匙递给办公室主任时，主任摇了摇手中的车钥匙，说让自己送送他。他连连说不用。老板的座驾，普通人不能享用，这规矩他是明白的。

主任说："这车成了公用车。老板的车换成了宝马。"

老板解雇他，其实早有端倪。公司花了二百多万新买了辆宝马，前几天又新雇了个司机。他以为，自己很快就能开上那辆宝马车，奥迪车会让新来的司机开。可是，他连奥迪车都开不成了。

主任开着奥迪车，他第一次成了奥迪车的乘客。主任比他年龄大，见广识多，脑子活泛，和他一起工作了几年，两人挺合得来。

说到办公室主任，胡本忠有些激动，脖子似乎也粗了。他说这个人也是他终生不能忘记的人。这时他才告诉王超越主任叫宋小超。

宋小超问："老板对你那么信任，你怎么想起来要走呢？"

他要走？他笑了下，没有吭声。突然，他内心流过一股非常奇妙的快感。有人在猜自己的心思，显得自己高深莫测。不想说的就不要说，尽管无关紧要。

奥迪车在一家小饭馆门前停下了，随后宋小超说："快到午饭时间了，就在这里消费一下。这家餐馆不错，饭菜有特色，价格也不高。最近我到这里吃过几次饭。"

餐馆不大,大堂里摆了几张桌子,侧面有两间包间,一间临着玻璃窗。宋小超和他走进了临窗的包间,服务员跟进来了。宋小超点过菜,说:

"你要是有资金,就搞煤矿。这两年投资煤矿还能挣点钱。手中没有资金,我建议你开餐馆。前几天我听说这个饭馆想往出盘。你有意向的话,咱们和主家谈谈。"

他刚刚离岗,尚未想好干什么。不过,宋小超的建议不错。他回去和妻子商量后,盘下了这家餐馆。他们又在百货大楼租了两组柜台,售卖服装。他们夫妻二人一人打理服装生意,一人在饭馆里当老板,岳母看孩子。他改变了餐馆过去以猪肉烩菜为主的经营模式,高价请了个好厨师,主营炖羊肉、炖驴肉和特色凉菜。炖羊肉是大漠的一大特色肉食,驴肉更是人间的美味,常言道:天上的龙肉,地下的驴肉。天上哪有龙呢?只能说明驴肉是第一肉了。他将这家餐馆打理得有些名堂,每到饭时,座无虚席。宋小超常常会带客人过来吃饭。宋小超在他经营饭馆的过程中,给予了很大的帮助。两年下来,两处的生意就赚了近百万块钱。人心没够,他们把饭馆和百货柜台盘出去,开始进入煤炭行业。煤炭行业需要巨大的资金,他开始贷款、融资、办小额贷款公司……

"办大事真难呀!"胡本忠感慨道。

胡本忠回忆起了他的一次醉酒经历。

有一个大建筑商,往出分包工地的部分建筑项目,胡本忠通过宋小超认识了建筑商,想分包工地项目。那天下午,他在一家豪华大酒店请建筑商喝酒。他早早地来了，带着一箱茅台酒。建筑商带着三个随从，在宋小超的陪同下准时走进包间。几人先是寒暄叙话，大部分凉菜上桌后，建筑商亲自斟酒。两瓶酒斟满了六玻璃水杯。他总以为六杯酒每人喝一杯，然后按照乡俗，划拳、玩扑克等法子喝酒。没想到，建筑商淡淡一笑，对他说：

"这六杯酒，你每喝一杯，我给你二百万的一块工程。我不强逼你，能喝多少酒，就给你多少工程。不过，限量六杯。再多喝也不给喝了，怕你身体喝出问题。听小宋说你的酒量不小。"

"不小也不能这么喝呀。"他暗暗叫苦，可什么也不敢说。一杯酒二百万的工程，对他诱惑太大了。他赔着笑脸，端起了酒杯。第一杯酒一口气喝进去，第二杯也是一口气喝进去了。酒的作用还没散发出来，他又接连一口气一杯喝了两杯。他又端起了第五杯酒，酒劲上来了，头重脚轻，快要倒下去了。他坚持着把酒杯送在嘴唇上，一口酒喝下去，他的身子就软了，滑倒在餐桌下。滑倒的过程中酒杯脱手了，还有多半杯酒。这半杯酒值二百万的工程呀！他在懊悔中失去了知觉。建筑商让随从把他送进客房，又给了服务员五百块钱，让服务员陪着他直至酒醒。如身体出现状况，立即拨打急救电话。安排他就寝后，建筑商和三个随从还有宋小超开始喝酒。五个人喝了四瓶加一杯茅台酒。第二天酒醒后，他想着建筑商说话算不算数，给他按四杯酒算还是五杯酒算。他忐忑不安地来到建筑商的办公室。建筑商见了他，笑了笑，说：

"好后生，有胆量。我给你一千二百万的工程。"

听到这句话，他的腿又软了，好在他是坐在沙发上的。

十六

王超越一觉睡醒，天已大亮了。自从给胡本忠的父亲祝过寿，常旺宁和胡本忠的关系迅速走近，小额贷款公司给胡本忠贷了短期的五千万款项。贷款到期，胡本忠并没有偿还的意思。常旺宁打发他上门商谈偿还贷款的事，这样能显示对胡本忠的尊重。可他住了一个晚上，胡本忠本人也见上了，可竟然没说贷款的事！王超越认为自己失职。他立即给胡本忠打手机，可胡本忠手机关机。他很快起了床，洗漱过，到餐厅吃早点。吃过早点，他正要去小额贷款公司，胡本忠的女秘书来了。女秘书说胡本忠有急事出差走了，下了飞机会给他发短信或打电话的。王超越的心一沉，想到胡本忠可能是在回避自己。但他只能对女秘书说"好的"。

王超越回到客房，待了两个多小时，胡本忠的短信来了。首先说抱歉，他突然有事赶赴北京了，然后说最近款项有点吃紧，过一段时间他主动到大漠与常总沟通。看过短信后，王超越只好收拾行装走人。

从漠北回来的第二天，王超越没有去公司，上午在家里休息，下午到单位上班。毕竟离开单位三天时间了，他不能无故离开单位太长的时间不露面。

坐在办公室里的人,还是小余、小乔。听小余说,科长这两天情绪不好,没来上班。科长也会闹情绪了,这人有了钱,毛病就来了。以前科长不管受多大的委屈,都不吭声,遵规守矩,准点上下班。最近,科长搞投资上了瘾,到单位上班都是敷衍了事的态度。

王超越坐在办公室,看报,喝水。王超越喝了两杯水,上了两趟洗手间,然后再坐在椅子上。不管怎么坐,王超越都觉得坐在椅子上不舒服。以前,他是办公室里最能坐得住的人,这些日子,外面跑多了,内心里骚动不安,感到上班没什么意思。

正当王超越百无聊赖的时候,常旺宁打过来了电话,叫王超越到公司走一趟。听常旺宁的口气有些急,王超越也没敢耽误时间,站起就走。

电梯门边,站着好几个人,大都是意气扬扬的派头。不到五点钟,机关里的人陆陆续续地走了,都在忙着去赶饭局。下午有饭局,说明混得不错。等电梯时,王超越与局长相遇了。他不好意思地朝局长笑了笑,叫了一声"局长"。

走出电梯,局长说:"王超越,晚上跟我去喝酒。今天有几个朋友,都是大酒量,我喝不过他们,得有个人给我支撑支撑。"

局长大人邀请,就是顺路邀请,就是请去代酒,也是莫大的荣幸。他应该跟着局长走。可是,常旺宁正在等着他。他急忙说:

"对不起,局长,同学有点急事,叫我过去帮帮忙,实在是没办法。改日我请局长。"

局长理解地笑了笑,说:"好的。"

王超越开着车,只用了十来分钟的时间,就到了小额贷款公司。推开常旺宁办公室的门,常旺宁首先就叫道:"这可怎么办呀?"

王超越坐下后,常旺宁接着说:"我们几亿的资金,都让房地产商贷走了,田仕成就拿了一个亿。三家房地产贷的一个亿都到期两个月了,还不来还钱。胡本忠贷我们的五千万的款,期限是三个月,可到期了,你上门要没要回来,他给我发短信说正在筹款。看来他的资金出问题了。当初,我就不该太那么信任他,这一信任,就出事了。我们这边,给我们放贷的客户,追着要结算到期的款项,可我们拿不出来钱,连利息都给不上人家。我们算账,应该盈利两千多万,可是贷出去的款还不回来,那些盈利就是空的。我们贷人家的款,再给人家付利息,一面追不回来款,一面还要给人家付利息,两面的问题都压在我们身上了。这亏空亏大了。当初我们就不该全部把款放出去。可是不往出去放款,从民间集资贷的款,怎么给人家付利息?我们怎么收盈余的利息?真是不好解决的问题。今天下午有几个人找上门来,不给钱就不走。我说尽了好话,才把他们打发走。我一个人干坐着,着急上火。"

王超越说:"小额贷款公司是你和田仕成两个人的,让田仕成想想办法。"

"田仕成心太大,修起了一大堆房子,钱都押在了房产上了。

房子卖不动，他的资金链也断了。上次我们请武德雄吃饭，也就是尝试着向农行再贷一个亿的款，以解燃眉之急，可武德雄只答应贷我们一千万，这一千万还没有下来呀。"

王超越问："你没给田仕成打招呼吗？他是甚态度？"

"他没态度，他自身难保，还有甚态度！你记得吗？那次餐叙，田仕成没来，是因为他的资金链已经出现了问题，可他还是硬着头皮捐资了二百万。小额贷款公司的事，他不急。他在小额贷款公司入股百分之六十，我们先在工商银行贷了一千万，后来又贷款增资了，他又出资六千万，我又贷了四千万，现在他已拿了一个亿，所以小额贷款公司垮了，他还多拿了近四千万，他不急。短别人的钱，对他构不成威胁。主要是我连一分钱也没拿，出了事，我得负担百分之四十的股份责任，还有四千多万的银行贷款。我们收了三个多亿的高利贷，放出的款还不回来，我贷的四千四百万贷款砸进去不说，还得负担百分之四十的股份赔损。就是我的一两肉卖一万，也赔不起啊！况且，我的肉连一毛钱都不值。要是那些房地产商还不上钱，我们公司的事就出大了！如今追我要钱的人也不是要四千多万，是要三个多亿。因为一直是我在经营小额贷款公司，我负责收贷款，人家都在和我要钱。我总觉得煤矿不稳定，房地产没问题。可是首先是房地产出事了。煤矿的前景目前还不错。我的判断失误了。当时就不如把钱投放在煤矿上。你们都说我比过去沉稳了，我担着这么大的责任，有这么大的压力，能不沉稳吗？小额贷款公司倒下了，要害好多人。不少人都是亲戚朋友，他们都是要找我要钱的。很多放款的人，都不晓得还有个田仕成是我们的大股东。我为了显示老板的身份，也故意不说田仕成是大股东。明天，明天人家再来要钱怎么办呀？"

市场风云突变，房地产出问题了。不仅常旺宁着急害怕了，王超越也惊出了一身冷汗。他想到了他放出去的贷款。这时，他才想到，近几天，办公室的气氛有些异样，小余和小乔不再张狂，乖巧多了，偶尔能见到科长，科长也总是紧绷着脸，心事重重。他们可能也遭遇到了放贷问题。

常旺宁在转椅上转来转去，着急得有些坐不住了。他向来是个四平八稳的人，可遇到这么大的困境，平稳不住了。

王超越说："我们下功夫，向房地产商要钱。也可以起诉他们。"

常旺宁说："要钱房地产商没有，要起诉又是一个漫长的过程啊。要钱的人可不等咱们呀。我在想，能不能以你的名义，向武德雄贷几百万块钱的款，把眼前的难关渡过了，我们再向房地产商要钱。武德雄对你一直不错，也非常信任你。上次你贷了五十万块钱的款还回去了。你再张口，他应该不会拒绝。"

王超越低下了头，没吭声。常旺宁一直在交警队工作，做事的方式像匪徒，胆子大，甚事都敢做。可是，王超越的胆子一直就小，他不敢答应常旺宁的请求。

常旺宁说："你放心。我有几百万块钱的房产。用我的房产做抵押，把你套不进去。出了事，银行把房产收走不就行了？"

王超越不敢表态，只说："让我想想吧。对我来说，这不是小事。"

常旺宁说:"是呀,这事对你来说,真的是太大了。你是个谨小慎微的人。"

常旺宁不吭声了,静静地吸起了烟,若有所思。这副沉静的模样,很少能在常旺宁脸上看到。王超越也没吭声。一支烟吸完了,常旺宁突然问:

"你还记得,胡本忠引咱们看包头的那块地吗?"

王超越说:"记得。"

常旺宁说:"这几天,你抽时间到包头跑一趟,再看看那块地皮成了什么样子。公司里这些日子够乱了,我走不开,还得麻烦你,真不好意思。"

平时要听常旺宁的客套话,真是太难了。王超越说:"行。经你这一提醒,我想起了那次胡本忠和咱们一起,还看了包头城郊的一处房地产。那处房地产,是不是也是他的?是不是销售情况不好?他为什么没有承认那处地产是他的?"

常旺宁恍然大悟地"噢"了一声,说:"你到了包头,也看看那块地产。你记不记得位置了?"

王超越说:"记得。"

常旺宁说:"如果胡本忠的产业没出问题,他那里的五千万还能帮咱们暂时渡过难关。要是他出事了,我们也就完了。你什么时候能抽开身?"

王超越说:"明天或者后天我就能走。"

常旺宁感激地说:"同学中,你是最值得我信任的人。患难见真情,我只能靠着你帮我渡过难关了。"

门敲响了,常旺宁的脸一下子就变了,紧张起来。

门被推开了,那个吃饭常接电话的赵总缩头缩脑地走进来了。赵总看到王超越,很绅士地向王超越点了点头。赵总手里提着两瓶酒,向常旺宁说:

"常总,我有个朋友,开了家特大销售公司,经销各种名酒名烟。他最近又新上了一种品牌酒,送了我两瓶,让我品品这酒,看好不好。好的话,他还想往大做哩。今天下午没事,咱们坐一坐。品品这酒。"赵总把酒又提了提,给常旺宁看。

常旺宁说:"我这里有酒。我请客。"

赵总客气地说:"总是让你请客,我们心里过意不去。今天老王也在这里,正好凑齐了。不要跑路了,就在这条街上的饭馆坐一坐。"

常旺宁说:"那就放松放松。王经理,行吧?"

王超越只说了一个"行"字,没再吭声。他心里在想,现在的人,只要做生意,不管大小,都有人叫老总,可对他这个公务员,要么直呼其名,要么就叫老王。小额贷款公司的副总没多少人承认。王超越虽不计较,但有些不服气。

王超越和常旺宁、赵总进了正德街上的一家小餐馆。让人感到好笑的是,刚坐下,赵总的手机又开始响了。

赵总大声说:"我们要投资,也在一个亿之上,少了一个亿,就免谈。"

赵总好像很生气,挂断电话,说:"都把我当成好说话的人了，一有事，都给我打电话。"

三人刚喝了几杯酒，赵总的手机又响了，赵总看了下手机，挂断了。过了一会儿，手机又响了。赵总接通电话，说：

"张总啊，我们正在喝酒，要不你也过来？是我请客。"

对方又说了一阵子话，赵总又说："明天再说吧。今天我和几个重要的客人在一起，就不多说了。"

王超越望着赵总，不由得想笑。世界上，真是要什么人有什么人。赵总这样的人，少见，可他也见识了。一直以来，王超越都不问赵总叫什么名字，他也不想和这个人有太多的交往。他宁愿相信赵总说的话是真的。和一个谎话连篇的人坐在一起，自己又算什么人呢？

常旺宁看到王超越脸上流露着鄙视的神色，笑着说："赵总是个热心人，总有人要给他打电话商量一些事情。"

赵总说："人在江湖，谁能不用谁？"

赵总分别给常旺宁和王超越敬了三杯酒后，三人开始划拳喝酒。

酒至半酣时，赵总说："我遇到难题了。想在小额贷款公司贷一笔钱，利息好说。"

刚才口气那么大，要投资就投资一个亿，怎么转口就要贷款呢？

赵总看见王超越用怀疑的眼神望着他，说："是这样的，我的一个亲属，要急用点钱。他入股的煤矿还没到分红的时间，说年底才能分红利。他过去经常帮我的忙，现在他有困难，我认为就是我的困难，这个忙我非要帮不可。我这个人就这么仗义。"

常旺宁问："要贷多少？"

赵总说："五十万。"

常旺宁大方地说："不多。我们这些天没有收回来款项，收回来了，给你赵总放这点款没问题。"

三人喝罢酒后，都步行回家。走了一段路，赵总就和王超越常旺宁分开走了。常旺宁等赵总走远了，才说：

"就是一个混混，甚赵总，还以为我认不出来？基础大开发公司，就是个皮包公司，是骗人的摆设。快两年了，我就没见他做过一件正事。在我跟前设圈套打接电话，说大话，就是有一日要套我上钩，这不，就开口了？我没钱，就是有钱，也不会给他放贷。请他吃吃喝喝，还行，要我往出拿真金白银，连门儿都没有。"

王超越说："晓得他是怎么个人，就不跟他一起混了。"

常旺宁说："不跟他一起混，能行吗？都在一条街道上做生意，抬头不见低头见，关系搞僵了，心里都不舒服。这种人，到处混，到处有他的声音，把他惹恼了，他天天说长道短，会影响我们的生意的。不惹动他，就这么能吃吃喝喝，他也把我们套不进去。再说了，以前我看到他不停地接电话打电话说大话，觉得好玩儿，就是把他当成耍杂耍的了。现在，我遇到麻烦了，看到他我就心烦，谁还想再看他的表演。"

到了十字路口，王超越和常旺宁分手了。

常旺宁走了两步，调过头来，无奈地朝王超越笑了笑，又转身慢腾腾地走了。

夜深了,街道上已没有几个行人了。在昏黄的路灯下,常旺宁孤独的背影,缓慢地摇摆着,渐行渐远。

过了两天,王超越就开着车,来到了包头市区。

蓝天、白云、清风,青翠的大草原。王超越没有心情欣赏春天内蒙古大草原的美景,直奔他和常旺宁曾经看过的那块圈地。

王超越跑了好几圈,才找到了那块圈地。木桩子已经很少了,就是栽着的木桩子,也是七倒八歪。沿着木桩子的线路,能看到被人拔起来扔掉的木桩子。圈地里,有几个挖掘的大土坑,有一台废弃的挖掘机。王超越爬上挖掘机,看到挖掘机有人为打砸过的痕迹:玻璃破碎了,操纵杆弯曲了,仪表台也是破碎的,驾驶棚顶也有打砸过的痕迹。这里发生过什么?不祥的预感袭上心头。正当王超越在圈地里观看时,一个小伙子骑着摩托车过来了。小伙子是不友好的,以怀疑的目光望着王超越。王超越清了一下嗓子,首先问道:

"是谁把这么好的大草原破坏了?挖这么大的土坑要干什么?"

王超越不能直奔主题。

听王超越这么问,小伙子放松了警惕,声调沉沉地说:"这是我们牧民的草原,可那些当官的不经我们同意,说要搞开发、建煤矿。我们挡住了,把那些搞开发的人赶走了。事情过去几个月了,我们都有人轮流值班照看。"

可以想象,在阻挡开发的过程中,发生了纠纷,甚至有打砸行为发生。这台被遗弃的遭受破坏的挖掘机,就能证明这里曾经发生过什么。

"你在这里干什么？"小伙子问。

"旅游。看风景。看到有人破坏了风景，就停下来了。真的好可惜。"王超越指着大土坑说。

小伙子点头说道："那个开发商的两亿资金，就挖了几个大坑。"

毫无疑问，胡本忠在这块地盘上赔了两亿人民币。王超越这时才明白胡本忠的资金为什么吃紧。王超越突然感受到，胡本忠、田仕成，还有常旺宁，这些大大小小的大漠的繁荣缔造者，在担负着怎样的压力。

王超越向小伙子告辞后，开着车，在下午时分，到了包头东城郊。他们曾一起看过的楼盘，人迹罕至，没有完工的楼盘，七零八落。他试图找到施工者或是销售人员，可是没有找到。他们上次来，看到有售楼处，有进出的销售人员，可是，现在售楼处不设立了，连牌子都不挂了。他问了附近的几个人，他们不知道这个楼盘为什么不卖了，为什么停工。其中一个老年人说来打问这个楼盘的人不少，只是不晓得为什么打问。看来，这个楼盘，不是因资金紧缺停工故意摆烂，就是出了其他问题，反正无法售卖。来这里打问的人，很可能就是楼盘的投资者。而真正的楼盘老板，就是胡本忠。那次胡本忠顺路过来看楼盘，却没敢向常旺宁透露楼盘是他开发的，因为他要向常旺宁融资。常旺宁一旦知道他的楼盘烂尾了，还会给他融资吗？王超越预感到，胡本忠的投资是失败的，仅内蒙古的这两处项目，就套牢了几个亿的资金。那些向他投资的人，被套住了，包括常旺宁的小额贷款公司。想到这里，王超越的心激跳起来。他想到给霍叙的投资会不会出问题？

王超越很快回到了大漠。第二天，他没去上班，开着车，在大漠周围的煤矿考察煤矿运行情况。大部分的煤矿，都有车辆出入。他问了几个煤矿工人，他们都说"好着哪"，再不多说话。他也问过运煤司机，司机说"还能行"。通过考察，王超越觉得煤矿市场依旧能够正常运行，不过，他心里总是有些不踏实。他看出，煤矿的生意，不像前两年那样红火热闹了。他从张家山煤矿出来，看到一个民工坐在路上，跟前放着一捆铺盖。他停住了车，下来了。他首先问民工是不是煤矿的工人，民工说是。他问：

"是回家吗？"

民工说："回家。"

王超越又问："煤炭的行情怎么样？"

民工说："降价了，我们矿上上月就没发工资。我怕最后领不到工资，白干活儿，就不干了。"

王超越突然感到头皮发紧，头发端竖起来了。显然，那几个司机和矿工没有向他说实话。为了感谢民工对他说了实话，他问民工到哪里去，他可以捎他一程。民工感激地笑了笑，坐上了他的车。

王超越回来的第二天早上，就去了霍叙的公司，他想将钱要回来。

霍叙已经认不出他是谁了，不过，比上次他和陈扬到他办公室时客气多了。

霍叙说贷款不到期，他不能坏了规矩。如果出现集中兑现潮，他就是再有资金，也难以应对，因为他的项目都是在建项目，没有盈利，在建项目的资金主要靠银行贷款和民间集资。霍叙的话刚说完，就有个人给霍叙打过来了电话。两人谈到了石古坡的煤矿，霍叙说价值四十五亿，有人给上了四十亿，他都没有卖。两人还说了当前的经济形势，霍叙持乐观态度。

霍叙有价值四十五亿的煤矿，还能骗了他那点小钱？尽管王超越明白霍叙的资金实力雄厚，煤矿不会出问题，可他仍是焦急地等待着放款周期到了的那一天。

十七

雨还在下，不紧不慢，不紧不慢行驶的车辆，却走不动了。路堵死了。这条马路，常常会塞车，尤其是在雨天傍晚。天色越来越暗，路灯齐刷刷地亮了，车还在原地未动。好不容易车能动了，也是走走停停。下午下班，王超越刚开车进入小区，局长就打过来电话，要他回政府大楼，帮着核对一些数字，说是市长要他明天早上去汇报。他马上就把车开出来了，可是，半小时才走了一里路，然后路就堵死了。向市长汇报工作是大事，尽管汇报人是局长不是他。他着急地望着车前挡风玻璃上摇过来摇过去的雨刷。突然，他想起了右边的那条巷子。那条巷子只能穿过一辆车，走出巷子，就是新修的马路，马路通向北环城公路。车又开始移动了。到了能通行的巷口，王超越打过方向盘，将车开进了巷子。还好，对面没有驶过来车辆。要是对面过来车，就会要有车倒退了。王超越顺利地将车开出巷子，拐了个弯，上了新修的马路。马路上还没有安装路灯，黑黢黢的，车灯照向的前方，灰蒙蒙的。前方没有车辆，王超越踩油门时稍用了点力。车刚加起来速度，王超越突然看到前方有一个向前直行的人影，他一惊，踩死了刹车。车向前滑行了几米，顶在了那个人影身上。王超越又气又惊。明明是双车道，还有人行道，这个人怎么就走在了里车道上，还是直行，不是过马路！王超越下了车。那个人躺在车前，一动不动，跟前放着雨伞。王超越叫了两声，那人一声都没有回应。王超越清楚自己的车刚刚顶在人身上，撞力并不大，不可能将人顶碰死或者昏迷过去。王超越搂起那个人，一边问着伤在了哪里，一边将他扶上了车。在车里，王超越看清这是个中年男人。

"你喝酒了？"王超越问。

中年人有气无力地说："没。"

王超越把鼻子伸在中年人面前，的确没有酒味。王超越安慰道："你不要怕，该我负责的，我肯定会负责。"

王超越立即打电话报警，并向保险公司报险。他正要给常旺宁打电话，常旺宁却把电话打过来了。常旺宁问王超越在哪里，王超越说：

"出了起肇事，在现场。"

常旺宁问:"事情大不大?"

王超越说:"不大。主要看那个被撞的人好不好说话。"

常旺宁"噢"了一声,就说"挂了",然后挂断了电话。王超越没想到常旺宁这么快就挂了电话,又将电话打过去,可是常旺宁的手机关了。这也太快了。是不是怕他找他在交警队疏通关系,嫌麻烦,有意关了手机?常旺宁并不是这样的人啊。

王超越又给两个朋友和一个外甥打了电话。中年人也给家人打了电话。

王超越的外甥和中年人的家人同时来了。王超越和中年人的一个家人留在现场,王超越的外甥和中年人的另一个家人扶着中年人,打了一辆出租车,去了医院。

两个小时后,交警才来到现场。在等交警的时候,王超越一直给常旺宁打电话,常旺宁一直关机。

交警在丈量现场时,王超越的外甥打过来电话,说中年人在医院拍了片子,身体无大碍,只是后背上划破了皮。王超越说出三千块钱,看能不能把事情处理了。外甥回话说中年人执意要住院。王超越说就让他住院吧。

交警勘验完现场,征询王超越是私了还是由他们处理。王超越说由他们处理,交警就收走了王超越的驾照,开走了王超越的车。

交警开走王超越的车,王超越才想起局长叫他的事。到晚上九点多钟了,局长还不打电话催催他?王超越急忙将电话打过去了。还没等王超越开口,局长急忙说:

"王超越呀，市长的刘秘书打来电话说市长明天要去北京，汇报工作的事推后了，我就和几个朋友出去了。我给你打过一次电话，你的电话无法接通，我就没再打。怎么，你还在办公室？"

一听这话，王超越就来气了。局长根本就没有给他打过电话，所以就说他的电话无法接通，要是说占线，他挂断电话会有提示的，瞒不住人。如果局长早点儿打电话，他还会上新修的马路吗？不上新修的马路，还会撞上那个走路不讲规则的人吗？坏事的局长！王超越想是这么想了，可敢怒不敢言。

局长又说："我们还在喝酒，你过来喝两杯吧。"

王超越急忙说："不了，局长。"王超越说罢，匆匆挂断了电话。

王超越又给常旺宁打电话，手机关机。这节骨眼上，要找有用的人找不着，急死人了。

第二天，王超越没有去单位上班，到交警队找办案交警。办案交警是个年轻人，忙着接待其他人，不搭理王超越。办案交警怠慢王超越，王超越就接连不断地给常旺宁打电话，但常旺宁的手机一直打不通。常旺宁的手机越打不通，王超越就越想打。第三天，办案交警终于发话了，让王超越先到医院给受伤的人缴上一万块钱的医药费，再和他接触。王超越明明晓得那个中年男人故意小伤大治，想讹诈他，可不得不去医院送钱。王超越到了医院住院部，找了几次那个中年男人，可中年男人一直不在病房。他问主治医生，主治医生说不晓得。他问主治医生伤者甚时间能出院，主治医生也说不晓得。王超越找了三天中年人，终于在中午找到了。两人说了几句关于伤情的话后，中年人问：

"你怎么才想起来看我了？"

王超越说："我找了你几天，都没找到。"

中年人说："我早想好了，你就得负全责。"

王超越说："我说过了，我会负全责。不过，你走路怎么不走人行道，要走里车道呢？你是大人了，以后走路要操点心。这次我开车开得慢，要是开快了，就把大祸闯下了。"

中年人大怒："说你妈的屁话。"

第一次出肇事，跑医院跑交警队，找交警交警不理他，找受伤的人受伤的人不在医院里。他担惊受怕，睡觉失眠，吃饭吃不出滋味。找常旺宁与交警协调，几天来常旺宁的手机一直关机。终于找到了受伤的人，受伤的人竟破口大骂，王超越终于忍无可忍，也大声骂道："你想装你就装，你想住院你就住！遇到你这种牲口，老子怕也没用了！老子不怕了！"

王超越扬长而去。走在路上，王超越不想吵架的事了，却生起了常旺宁的气。他再次给常旺宁打手机，常旺宁的手机仍然关机。怎么一个大忙人，一关手机就关了几天。突然间他的心激跳起来：常旺宁遇到麻烦了。王超越打了一辆出租车，直奔小额贷款公司。

小额贷款公司的门牌不见了，玻璃门上写着横七竖八的毛笔字：还我血汗钱，骗子公司，老子要钱，还有些不堪入目的骂人语言。

王超越明白了，那几天常旺宁一直关着手机，只有他给他打电话时才开手机，常旺宁知道他出了肇事，并无大碍，就关掉了手机，是在躲避追债的人。

王超越想了解小额贷款公司的情况，给在门市上的服务员打电话，两个服务员的手机也关了。

王超越失望而忐忑不安地看了几眼小额贷款门市，正要离去时，赵总慢悠悠地走过来了。

赵总不怀好意地笑了笑，声调沉沉地问："老王，有些日子没过来了？"

王超越没有说话，怔怔地望着赵总。王超越从来都没有认真地看过赵总。他和他在一起时，他总在接电话，他说的那些大话，听起来既好笑又可怜，他不忍看他那副无知的嘴脸。这时他看出，赵总的五官以小和尖突出，细细的小眼睛，小尖鼻子，噘起来的尖嘴，尖而翘起的下巴。

赵总又说："他常旺宁这辈子算完了。上亿万的资金，是个大窟窿，他怎么往起补啊？哈哈。"赵总幸灾乐祸地笑了两声。

王超越依旧没说话。他在想，赵总为什么要幸灾乐祸。据他所知，常旺宁没招没惹他，相反，还经常请他吃饭喝酒。

赵总不知是对王超越的直视不满，还是对常旺宁有仇恨，又愤愤地说："他常旺宁就是个混混，这交警队的人谁不晓得！我早就晓得他成不了事。他能做成事，我就爬着走一辈子。这不，他的门市都让人砸了。那些人的眼睛真是瞎了，怎么敢把钱放在他那里。真是肉包子打狗哩，有去无回。"

王超越始终没发一言，赵总突然客气地说：

"老王，到我们办公室坐一坐。坐在我办公室，要比坐在常旺宁办公室踏实。"

王超越问："常旺宁经常到你办公室坐吗？"

赵总激动地说："没有。他那人，傲性大，还看不上我们的公司。其实，我的生意比他的生意大多了，有意思多了。基础大开发公司，名不虚传。"

王超越盯了一眼赵总，然后无奈地笑了笑，声调平缓地说："这世道，落井下石的人真不少。"

王超越说得轻巧，说罢就走了。

赵总在王超越背后吼着说："我遇到困难时他常旺宁不帮忙，他遇到困难了，我不笑话就是自己对不起自己了。"

王超越这才明白，赵总要向常旺宁借款时，常旺宁没有出借。赵总对常旺宁产生了恨意。可是，如果常旺宁真要给赵总借款了，才真是肉包子打狗——有去无回。

十八

王超越对局长有气，故意不上班，连假都不请。一个星期后，科长打过来了电话：

"小乔、小余都请假了，你也不来上班，咱们科室的门要关了。"

王超越说："车出了交通肇事，伤了人，我要处理事故。"

科长以惊异的口气问:"你没事吧?"

王超越说:"没事。"

科长说:"那也该请一下假嘛。有事,我们也可以帮帮忙。"

王超越晓得科长大事小事爱向局长汇报,就说:"那天黑夜局长叫我去加班,在加班的路上出了肇事。"

科长意味深长地"哦"了一声。

过了一会儿,局长就打过来了电话。

局长说:"王超越呀,那天黑夜你的车出事了?"

王超越沉闷地"嗯"了一声。

局长关心地问:"你本人没事吧?"

王超越说:"对方住院了。"

局长说:"这就好。只要你人没事就行。交警支队的副支队长是我的小弟兄,你找找他。"

王超越很快到交警支队找到了局长介绍的那个副队长。副队长打过招呼,事故中队把驾照还了回来,放了扣押的车。

那个中年男子住在医院里,向交警催要医药费,交警嘴上答应,也给王超越打过电话,可是王超越没有送过去,又听说王超越取出了车和驾照,觉得再在医院耗下去没有甚意义了,主动出了院。王超越通过交警和保险公司,将交通事故处理了,保险公司把该赔付的钱赔付了,王超越才上了班。看到小乔、小余都坐在办公室,王超越问:

"最近你们同时请了假?"

小余首先叹息了一声。

王超越注意到，小余面色灰暗，一副萎靡不振的样子。

王超越问："你怎么了？"

小余灰心丧气地说："塌了。"

塌了，这一词语频繁地从人们口中蹦出来。塌了就是指塌方。身在城市，很少遇到塌方的事情，就是在媒体看到塌方的报道，也不曾说是塌了。只有在农村，才把塌方说成塌了。

王超越问："甚塌了？"

小余感叹地说："我放款的公司塌了。我放在小额贷款公司的钱要不回来了，我们的钱都打水漂了。"

王超越一听头皮就紧了，急忙问："现在出问题的小额贷款公司多不多？"

小余说："不少。据说有一半的小额贷款公司塌了。只是那些老板不动声色，试图蒙混着再融资，往过扛。我的那个亲戚，我向他要钱要不到，可嘴还非常硬，不知要干多大的事业。其实，追他要债的人越来越多。"

看来，出问题的小额贷款公司不止润泽丰一家。房地产的资金链断了，小额贷款公司的资金链断了，下一步还会有哪个行业会出问题？会不会是煤炭行业？想到这里，王超越浑身不由得发抖了。他不敢再问什么，害怕不快的消息出来。

小乔问小余："你放了多少款？"

小余说："我们几家亲戚合伙投了二十万。说是两年结算利息，结算了利息，我们又凑了些钱，凑到了三十万，又放在了小额贷款公司。事实上，我们的二十万块钱，没见到一分的利息。

现在连本金都收不回来了。"

小乔不屑地说："二十万？三十万？我要是损失上二三十万，连眼都不眨一眨。"

小余说："我哪能和你比哩。"

小乔突然叹息道："现在你比我强。我们放出去两千来万块钱，一分都收不回来了。"

小余惊讶地说："你们那么有钱！"

这些日子，小乔不像以前那样，浪吃浪喝了，下午与朋友和同学的聚会也少了。坐在办公室，小乔安静了许多。以前，她不是给那个朋友打电话，就是接那个同学的电话，打电话接电话的主要话题就是吃好了穿好了，搞得大家都有意见。

小乔说："我们哪有那么多的钱！是从众人身上集资过来的。我那个老不死的公公，退休了，闲着没事，就把亲戚朋友的钱筹集过来，又放给了煤矿和房地产商，房地产商资金链断了，煤矿的煤炭从一吨六百多块钱，降到一吨三百块钱都卖不出去。煤炭如今完全滞销了。"

王超越的心激跳起来。他的担心不幸被小乔说出来了。大家都晓得房地产出问题了，煤矿还能正常运行。怎么煤矿突然就出问题了？半个月前，他还考察过煤矿生意，一切都正常，怎么说不行就不行了？他很少和小青年在办公室讨论经济，觉得在办公室张口闭口说钱，有违职业公德。这时他后悔自己放款的行为了。一个公务员，应该安分守己地在办公室上班才是正事。搞投资做生意，就是不务正业，与一个公务员的操守相悖。他为什么没有早点儿觉悟呢？现在已经陷进去了，到了无力自拔的地步。放贷搞投资的失败，就是对他不忠于职守的教训！不过，他虽心有隐忧，但幻想的泡沫仍然没有破灭。

王超越有气无力地说："半个月前，我在几个煤矿上看了看，好像还行啊。"王超越之所以说得不自信，其实是自欺欺人。

小乔说："一个月前就不行了，只是外人看不出来。那些煤老板心太黑，把真相掩盖了。首先是房地产不行了。房地产是全国的支柱产业，房地产的资金链断了，其他市场的资金自然也受到了冲击。煤矿的煤卖出去了，可资金收不回来。房地产和煤矿出了问题，影响了其他市场。那些向煤矿放贷的人和投资的人，追着煤老板要钱，煤老板拿不出来钱，导致了恐慌情绪的漫延。大家越是恐慌，争着往回收自己投出去的钱，经济运行越是糟糕。"

小乔近几年一直搞投资，深谙市场经济的情况，王超越耳朵听着小乔对经济的分析状况，心里却"突突"地激跳。他再也坐不住了。

王超越出了办公室，下了楼，在院子里打电话。

王超越给霍叙的助手王进东打电话，王进东说他的贷款没到期，到期了一定能够偿还。王进东再三保证，霍叙的生意不会出现任何问题。借款合同不到期，王超越没有理由强行要款。这时他再仔细回忆那次见霍叙时，霍叙说话的表情细节，检索霍叙有没有欺骗他的痕迹。他觉得霍叙的说话还算正常啊。可是，事实是煤炭行业真的出问题了。王超越给陈扬打了电话，还没等王超越问，陈扬首先问他了：

"你放出去的款要回来了没有？"

王超越说："没有。"

陈扬说："最近煤炭价掉了，放贷形势不太好。"

王超越问："你的款要回来了没有？"

陈扬说："要回来了。银行催得紧，我个人也需要钱，去年就把放在霍叙那里的钱都要回来了。刘地成的钱，我前两天才要回来。"

陈扬是个极其精明的人，他的款都要回来了，说明霍叙和刘地成的生意形势都不好。王超越心慌了，挂了陈扬的电话，就给刘地成打电话。刘地成接通电话，就是一声长叹。

听到刘地成的叹息声，王超越呆住了。这声叹息已告知他放在刘地成那里的钱，出问题了。

刘地成说："给陈扬还的钱，都是我转借来的。陈扬的钱放在我这里近三年，吃了不少的利息，现在连本带利都给他还了，他算沾大光了。你的钱才放进来一年，我就连本金都没法还了。我太对不起老同学了。我如今连一万块钱都拿不出来。"

刘地成叫苦连天，王超越也不能逼债，喃喃地说："怎么会是这样的？"

刘地成说他和王超越见过的那个魏宏两人，出资八百万块钱合伙买了一家宾馆，魏宏偷偷地以宾馆抵押，在银行贷了八百万贷款。魏宏的生意资金链断了，还不上银行的贷款，银行把他们的宾馆查扣保全了。宾馆不开了，他贷的款就没办法还利息，资金链断了。小舅子贷小额贷款公司的二百万贷款是他当的保人，小舅子买的地没办法出手，还不上贷款，小额贷款公司跟他要。他不还钱，小额贷款公司的经理天天追到他们单位和他闹事，还扬言要到纪委告他，他把小舅子的二百万贷款还了。前些日子陈扬催着要钱，他东挪西凑，把陈扬的钱还了。听说陈扬要到县上当县长，需要活动经费，他不还那钱，也确实不行，不还就把人家的前途大事给误了。同学中能出个县长，是了不起的事情。按算账，魏宏把宾馆抵押出去了，应欠他的四百万块钱，小舅子欠他的二百万块钱，他欠众人的贷款借款只有四百万，他应该还有二百万块的资金。实际上，人家欠他的六百万块钱，一分也要不回来，他欠人家的四百万，也还不上了。现在，他的确没有钱。刘地成祈告着说，请老同学担待他一些日子，只要有了钱，连本带利，一分不少地还他。

听到老同学祈祷的声音，王超越的心软了。本来，他想你能转借着还陈扬的一百万的本金还加利息，也能替小舅子还二百万块贷款，怎么我的二十万你就不能还了？理就是这么个理，他心里有气。可听着刘地成带着哭腔的声音，他不能再发脾气了，他更不能逼老同学。把老同学逼死了，他的良心一辈子不能安宁。他说：

"我要是有钱，再帮你一把。我没钱帮不上你，可在你手里的钱，我暂时不催你了。你不要着急，注意身体。"

刘地成感动得快要哭了，说："老同学，你的这句话，能感动我一辈子。我们这地方，如今姐妹弟兄都为借贷的事，打架闹事，仇人相见了。漠北的经济形势太恶劣了。"

挂断刘地成的电话，王超越又给王进东打了电话，王进东信誓旦旦地说："霍县长的资金没有任何问题。只要贷款期到了，一定能还钱。现在你的贷款不到期，我们不能还你的钱，这是合约规定的，我们谁都不能违背合约的规定。"

王超越说："漠北的经济形势非常不好。"

王进东说："大漠还行，霍县长的资金不存在任何风险。这你一百个放心。"

尽管王超越心有忧虑，可王进东把话都说绝了，他再没有任何办法，只能苦苦地等待。

二姐在街道上提着篮子卖土特产，信息灵通，首先打电话向王超越询问贷款的情况。王进东把话说绝了，他不能说绝，他只能说尽快地往回追。他要是向王进东那么说，到期还款。到时见不到钱，两个姐姐会对他有看法的，认为要不到钱是他要得太迟了。责任重大，他既心急又要小心翼翼地对付两个姐姐。他已有不好的预感：放在霍叙那里的钱，有可能要不回来。

办公室里，小余一直在说塌了的事，王超越注意了。小余说一个人只要几天不上班，肯定是在经济上遇到麻烦事了。小余说王超越那几天没去上班，他以为王超越也陷进了放贷的纠纷中。小余说他家的亲戚高利息吸收了几千万的款项，又放出去了，放出去的款收不回来，人家放在他公司的存款本金都烂了，没办法偿还，小额贷款公司塌了，他的亲戚终于撑不住了，跑路了。

跑路的词语几年前就出现了，是指做不下去生意又欠着款，逃跑了。可是那时跑路的人毕竟是少数，没有形成恐慌效应。现在说塌了再说跑路,大家都心里发慌。王超越的心收紧了。

塌了的公司越来越多,跑路的老板越来越多,人们走在一起,都在谈论借贷风波。

一个洗煤厂的老板,背负几百万的债务,横死野外,是自杀还是他杀,公安部门侦办后没有下文了。

一个公安局的民警,开车出去了几天没有回来。家人到处寻找,最后在荒山野地找到了他的车,打开车门,民警早就不出气了。谁也没法判定是自杀还是他杀。这个民警在众人手上集资了两千多万块,放在了煤矿上,煤矿却停产了,他连一分钱都要不回来。在他出走前,好多人都上门和他要过钱。

一个煤老板,买煤矿亏了,融资后资金链断了,走投无路,在内蒙古的一家宾馆客房上吊自尽了。家人却不相信亲人是自尽的,因为亲人临出门时,没有任何自尽的征兆。从宾馆内的监控来看,那天进出煤老板客房的人并不少。仔细辨认,进出宾馆客房的人都是债主。疑点重重,公安部门却以自杀定性。煤老板的亲属将煤老板的尸体抬到了县公安局,公安局又逮了几个煤老板的亲属。是整顿治安秩序还是雪上加霜,大家对公安局的做法各有说辞。

传言越来越多,人心惶惶。借贷人和放贷人,都小心翼翼,不敢走夜路,就是大白天,走路时都左瞧右看。他们都害怕突然有人以暗下毒手的方式,了结债务关系。

风声鹤唳,山雨欲来风满楼的气息在大漠弥漫开了。

传言后,接着就是爆炸性的新闻。

大漠市德正房地产公司的老总田仕成自杀了。田仕成，是一个在大漠有着广泛影响的标志性人物。二十世纪八十年代初，田仕成靠给个人盖平房起家，九十年代初，他给机关单位建楼，然后开发房地产，在房地产行业中独领风骚。新世纪初，田仕成又成立了大漠德正投资有限责任公司，并向煤炭行业进军。后来为了成就朋友常旺宁当老板的梦想，和常旺宁一起合办起了小额贷款有限公司。田仕成为人和善，仗义疏财，热心资助贫困大学生，在大漠有着良好的口碑。所以他当了两届政协常委、两届人民代表。资金雄厚、公司众多，风光无限的老板，以悬梁自尽的方式离开了人世，在大漠引起了极大的震动。

王超越听到田仕成自杀的消息，首先想到了小额贷款公司，想到了常旺宁。常旺宁也想到了他。常旺宁给他发了一条短信：替我向田总送大花圈一个，送礼金一千元。图当后报。

当会计兼副总经理两年多时间，王超越就被搅进了小额贷款公司。他不得不被动地应付着常旺宁指派下来的事务。王超越心中有说不出的懊恼。现在，同学身陷困境，委托代行礼仪之道，他更不能推辞。

王超越搂抱着白色的花圈，行走在街道上。花圈并非吉祥之物，人们尽可能地躲避他。花圈可以躲开，可是谁能躲开死亡的命运？这街道上，人来人往，看不出有谁在悲伤，也看不出有谁在高兴，都在急匆匆地奔忙。奔向哪里呢？时间一如既往地消耗人的生命，将送每一个人走向生命的终点。人为财死，鸟为食亡，谁也免不了一死，可谁都没有放弃挣钱的机会。因为贪婪，有人会更早地葬送了自己的生命。死就死了,不管多伟大的人物死亡,也不管多少人死亡,天塌不下来。田仕成这样名噪一时的人物,不但会淡出人们的视线,也将会淡出人们的记忆。他的人生价值,百年之后注定分文不值。

田仕成的家院在城西的边角,是别墅花园,他自己开发的项目。虽是高档住宅区,但人们出入自由,保安并不阻挡询问。大漠的住宅区域,对人们的出入都是松散式管理。

王超越扛着花圈,问田仕成家在哪个方向,保安向右边指了一下,说:

"直走向右看就能看到摆着的花圈。"

别墅区的别墅,大都没有围墙,可田仕成家的别墅,四周被围墙围起来了,规模很大,占地面积有两亩多。自己给自己修建家院,有条件,肯定能够修建好。大门外摆着几个花圈,大门敞开着。王超越抱着花圈进了大门。王超越原以为一个大名鼎鼎的老板去世了,慰问的、送花圈的、烧纸的,肯定络绎不绝。事实上,院子里的人并不多,只有二三十个人,花圈也没摆满院子。与王超越的想象完全不一样。是啊,一个身陷债务危机的人自尽了,有多少人愿意过来沾晦气呢?这个社会,锦上添花的人多,雪中送炭的人少,有人落井下石,也是见怪不怪。这么看来,常旺宁还算有情有义的人。客观地说,常旺宁让田仕成害苦了。

一个三十多岁的年轻男子,身穿白色孝服,头戴尾巴拖地的孝帽,走过来,跪下向王超越磕了一头,叫了一声叔叔。这个年轻男子无疑是田仕成的儿子。田仕成的儿子站起来,看见花圈上的落款，握住王超越的手，说：

"您就是常旺宁叔叔？家父在遗书中说到您了。"

王超越说："我不是常旺宁。我是常旺宁的朋友。"王超越已不敢向人们说他是小额贷款公司的公计兼副总经理。

田仕成的儿子失望地叹了一口气。

王超越说："因为小额贷款公司的事，常旺宁躲出去了。"

田仕成的儿子说："家父给常叔叔留下了遗书，提出了处理小额贷款公司事务的方案。家父说他对不起常叔叔，是他害了常叔叔。"

听田仕成的儿子这么说，王超越说："我是常旺宁最信任的朋友，有甚事，你给我先说一下，晚上我发短信联系他。"

田仕成的儿子把王超越引进了家门，在一间卧室里找到了一张写着密密麻麻的字的纸。

田仕成的儿子说："这是家父的遗书中，涉及小额贷款公司的部分内容的复印件，我签了与原件无异的字。请常叔叔保存好，说不定到时有用。还有两份文书，要常叔叔签了字才能生效。家父一生没有做过亏心事，他说他死也要死得清清白白。"

王超越回到家里，才看了田仕成儿子给常旺宁的复印件。

田仕成在遗嘱说他害了常旺宁。小额贷款公司的经营失败，是他的责任。小额贷款公司给正德房地产公司的放款，是他自己的事，当然由他负责。给其他公司的放款，责任也在他身上，因为他是保人的角色，自然得他负责任。给胡本忠放那五千万的款，虽是常旺宁决定给胡本忠放的款，可他是法人代表，责任也在他身上。胡本忠是不是能还回来,还是个未知数。他在死之前,已经变更了小额贷款公司的股权,他占有了小额贷款公司的全额股份,赔赚都是他一人的事。只要常旺宁签了字,文书就生效了。但他死了,那些给小额贷款公司放款的人,肯定会向常旺宁要,因为一直以来,是常旺宁在经营小额贷款公司,他劝常旺宁诉诸法律。他倒也不是以一死了之,坑害大家,他将自己的产业,已做了一些安排,希望常旺宁在力所能及的情况下,能负起责任,替他给放款的人分割一些财产,将损失降到最低。田仕成在遗言中说,他的死,与债务有关系,但不是太大,大家都不晓得,近年来他的压力非常大,夜夜失眠,精神状况很糟,他想睡觉了。

田仕成终于睡觉了,可是活着的人,不能再长睡不醒。

王超越把田仕成的遗嘱编成短信,发送到常旺宁的手机上,常旺宁只回了一句看到了,再没有回音。

十九

办公室里死气沉沉,科长又坐不住了,很少在办公室露面,小乔整天在默默地玩手机,小余在电脑上上网。王超越也没甚事要干,就呆坐着发愣,心里却一遍又一遍地计算着收款的日期。

手机响了一下,他拿起打开来。是胡本忠发来的短信:

尊敬的各位领导朋友,我将要走进牢房了,我想趁还自由的时候，向大家把事情说清楚，共有四条：第一，我向银行贷了十亿贷款，向群众和老板高利贷款贷了二十几亿，付利息和做公益，还有给一些相关的领导的好处费，多达十几亿。第二，我买的两个煤矿和一块地皮，手续批不下来，当地老百姓又阻挡，无法开采，因此造成了巨大的经济损失，与我的能力无关。第三，我的生活非常节俭，没有自我消费享受胡糟蹋集资来的钱。我这几年向各种有困难的群体，捐助款项有五亿之多，我把有钱的人的款贷来，捐助给了那些真正需要钱的人，是做了好事，平衡了社会的不公平。其四，官场太腐败，吃卡要，直接导致了我的企业崩盘。最后，我劝告那些放款的人不要心疼放出去的钱。钱生带不来死带不去，既有余钱能放款，那说明生活能过得去，放出去的款到了真正需要钱的人手中，也算替天行道，做了好事，做好事的人有好报应，能长命百岁。我轰轰烈烈地大干了几年，死而无憾。胡本忠叩谢各位领导朋友的关注关心。

胡本忠出事了，他在进牢房前，忘不了自辩清白，发出了自己的声音。胡本忠进了牢房，他贷小额贷款公司的五千万款项，自然就成了坏账。

王超越试着给胡本忠拨打手机，可是传来的声音是你所拨打的电话已关机。胡本忠的手机打不通，应该是胡本忠群发过短信后就走进了公安局。

胡本忠自首的消息,迅速传遍了大漠,所引起的震动远远地超过了田仕成的自尽事件。田仕成尚有房地产和煤矿,如果将资产拍卖,负债不会太多。可是,漠北县本忠小额贷款公司,非法集资二十几亿,在银行贷款十亿。清查到的资产价值不足十亿,公司账户上的资金不足千元。二十多亿的款项已被蒸发了。胡本忠眼看自己转不动了,才主动走进了监狱。以坐牢的方式,一劳永逸地把所有的债务问题推开了。胡本忠涉案资金特别巨大,牵扯人数众多,引发了群体事件。群众聚集在漠北县政府大院,要求县长出面解决他们的借贷问题,因为县长为本忠小额贷款公司开业剪过彩。人们相信县长,才把资金放在了本忠小额贷款公司。群众认为,是县长帮助胡本忠骗了他们。尽管各级领导为了安抚群众愤怒的情绪,向群众说了许多动听的话,可血汗钱还是打了水漂。那个县长很快调离了漠北县,在市上的一个部门任职,不久以养病为由请假,远走他乡。有人说那个县长贪污受贿多达十亿元之多,不过,那只是又一个传言,因为官方一直没有发布县长被调查的消息。

胡本忠出事后,王超越的眼前不时闪现出胡本忠的身影,还有那张客气而笑意盈盈的脸面。他一直想不通,那么一个老实敦厚的人,怎么干出了如此惊天动地的事情。

听到太多的传言,见到太多的不幸事件,王超越惶惶不可终日,提心吊胆地等待着贷款期限的到来。

十月,放款期限即将到来,王超越给王进东打电话,王进东的话变了，说得往明年等了，霍县长的资金链断了，正在向银行贷款。

好像一盆冰凉的水劈头盖脸地浇下来，王超越的身子凉透了，凉到了心底。他质问道："你不是给我保证过，期限一到就能还款吗？"

王进东说："没钱是硬道理。"

王超越说："听说霍叙的哥哥的生意不错呀，霍叙的妹夫是上多少个亿的大老板，他霍叙就不能向亲属们筹措点资金吗？"

王进东说："咱大漠如今的形势，越是大老板，陷得越深。霍县长的妹夫，欠债十来个亿，已经坐进班房里了。他哥哥的煤矿早不开办了，做房地产生意，房子卖不出去，资金链也断了。霍县长还拿着他哥哥的两千多万块钱，没办法还。"

王超越绝望地问："那就是说，我们的钱就等于白扔了？"

王进东说："不晓得。霍县长的事我不管了，钱也不是我贷的，我只不过是给他帮几天忙。条据上都是霍县长的签名，以后你要要钱，就直接找霍县长要吧。"

王进东说罢，挂断了电话。

王超越的钱，是由王进东办手续放进去的，他和他一起结算过账。这个人看起来挺实在的，怎么一下子就以耍赖的口气说话了？

提着的心放下来了，但那种放下来是万念俱灰地放下来。自己的钱，扔就扔了，可姐姐们的血汗钱，不是说扔就扔了。

尚未下班，王超越没向谁打招呼，就走了。

王超越找到了霍叙的投资有限公司的办公地方。

一栋临街的二层小楼，楼下是小额贷款公司的门市。"大漠市汇润小额贷款公司"的牌子依然悬挂在门市的上方，门市的卷闸门却拉下来了。卷闸门被人用坚硬的东西打击得坑坑洼洼，到处都贴着书写着"还我血汗钱"的纸张。楼侧上二楼的通道的门被砸掉了，王超越上到了二楼。二楼的楼道里，乱七八糟，不堪入目，地上有砖头，地上到处是矿泉水瓶子，还有小便的痕迹，楼道的墙壁上，有人用黑毛笔书写着大骂霍叙的语句，同样也贴着"还我血汗钱"、"黑心老板"等骂人的纸张。看来，这里曾发生过群体事件。

看到这些场面，王超越的浑身发紧，心里苦叫道：完了，完了，放出去的钱全白扔了。这时，王超越才想到，上次他见霍叙的时候，霍叙接的那通电话，有可能是圈套，和那个赵总的手法有异曲同工之妙。外面值守的人，看到有要债的人进了霍叙的办公室，不一会儿就打进来电话，和霍叙大谈特谈石古坡煤矿的价值，展示自己的实力，迷惑要款人。这个社会，人人都成了戏精！

王超越离开大漠汇润小额贷款公司，向大街走去。他晓得二姐在大街上卖土特产。

二姐坐在街道边的台阶上，跟前放着一个大篮子，篮子跟前摆着一小篮酸枣、一袋小米和一小布袋干黄花菜。二姐就是那种流动的小商贩，城管的人来了，她立即就能收起东西走开，城管走了，她又会把东西摆出来。多少年了，二姐就这么在街道里游走卖东西，然后将赚来的钱，向乡村的熟人放出去，利息比银行高几倍，放出去的钱大都能收回来。日积月累，二姐就积攒下五十万块钱，现在由他放出去，可收不回来了。

二姐听说放出去的款一时收不回来，垂下了头，两颗泪珠滚出了眼眶。二姐不说话，就这么低垂着头，泪水不断地从眼眶里掉出来。她不揩拭泪水，双手抚弄着小小的酸枣，任泪水不断地流淌。

王超越站在二姐身旁，一声不吭。他也想哭，可哭不出来。他内心的痛苦不比二姐轻。姐弟俩一个在哭泣一个默默垂首静立。好久，二姐才揩尽泪水，说：

"没甚，就当这些年我没挣钱。"

二姐已经五十六岁，体弱多病，能挣钱的机会愈来愈少，儿女们靠打工过日子，生活过得并不好，以后她靠甚养老？

离开街道，王超越向家里走去。

王超越回到家里，一滚身，躺在床上，不住地长吁短叹，不断地自我谴责。妻子下班回来，看到他死气沉沉地躺在床上，问怎么了，他只能说身子不舒服。心里窝火，可还得隐瞒。妻子要是晓得钱收不回来，比他会更焦虑更难受。三家人家的一百五十万块钱，不是小数字，这种损失放在普通百姓身上，那就是天塌地陷。

吃过晚饭，王超越向大姐家走去。大姐和他们家的距离比较远，下午没有将车开回来，他只能走着去大姐家。一个多小时后，他才到了大姐家。大姐刚从工地回来，正在准备做饭。大姐夫身患肺气肿疾病，从工地回来，已再无力行动了，坐在床上不住地喘息咳嗽。

时令已进入深秋，小房里阴森森的，王超越感到浑身冷飕飕的。大姐在小房里烧火做饭，不一会儿，小房里就不怎么冷了。他们一年四季，不管天冷天热，都在小房里做饭。冷热在他们的生活中似乎不重要。钱是他们的一切。

大姐将那种一升几块钱的劣质散装清油倒进锅里一点点，然后放一点盐，再将水倒进去。水开了，再将挂面煮进锅里，不到二十分钟的时间，饭就熟了。大姐两口子，天天吃这样的饭。不过大姐虽说是六十岁的人了，身子还没有大毛病，尚能支撑起这个家。大姐夫，王超越明白说跌倒就跌倒了。他经常劝大姐夫到医院检查身体，大姐夫都以老毛病为由，拒绝去医院。他明白，他们是怕花钱。他们舍不得白花一分钱。他们认为看病也是白花钱。

大姐吃罢饭，收拾过碗筷，说："有甚事，你就说吧。"

大姐似乎觉察到了放贷出了问题，口气有些沉。王超越开门见山地说："我们放的款快到期了，暂时收不回来了。"

王超越注意着大姐的表情。大姐绝望痛苦地望了他一眼，然后死瞪瞪地望着墙壁。

大姐夫不停地咳嗽，咳嗽过后，急促地喘气，好像要往上出一口气很难。

许久，大姐夫说："越越，你尽力了，你给我们家的帮助，我一辈子都忘不了。"

这句话，却让王超越的心里更加难受。善良的人，会记住人们对他的帮助，自然大姐夫记住了他帮助他们买了一套房子，可在放贷的事上,他失误了,给他们带来了毁灭性的打击。

这时,大姐也说话了:"都怪我一时糊涂。是我强让你放的款,不是你的错。我们一起做工的人,放出去的钱,以前都吃了利息,如今多数都要不回来了。这些天我想到钱难往回要了,想问你,又怕你难受,就没问。大家的钱都要不回来,我们的能要回来,就是怪事了。没你的事,你不要多想了。"

大姐二姐都能包容他,这让他非常感动。可他不能因为她们能包容他,就对放出去的款漠然视之。他表了一个态,说:"那个老板暂时遇到了困难,不是人跑了。我会一直追着他要钱。"

大姐说:"不要太追紧了,人家有了钱,能还来,就好了,咱只要本金。人家没钱,你追急了,人家把你暗害了。咱的父母留下你这么个独苗,你有个三长两短,我们到了地底下,没办法向父母和列祖列宗交代。"

王超越沉默了。真是太窝心了!

二十

两个月后,常旺宁才出现在王超越的面前。常旺宁走进王超越的办公室时,王超越感到有些意外。这么多年了,常旺宁第一次进了他的办公室。常旺宁又穿上了那身警服,脸面上挂着随和的笑意,还是过去那种随随便便的样子。那个贷款公司派头十足的老板气息,不见了。看到眼前的常旺宁,王超越一时不能适应。他在回想着西装革履的常旺宁。

常旺宁对着办公室的每一个人，都笑了笑，才对王超越说："中午我请客。我亲自上门请客，你总不会拒绝吧？"

王超越说："我请。你这么长时间不露面了，怎么能让你请客。把陈扬也叫上，地点就安排在政府附近。"

常旺宁说："陈扬就不要叫了。我还另外有事。今天请你给我看一下账。"

"小额贷款公司的账？"王超越问。

常旺宁摇摇头，说："现在你能走，咱们就走吧。"

王超越说："能。"

王超越说罢就站起来了。科长不在办公室，他用不着给谁打招呼。

王超越和常旺宁走出市政府大门时，常旺宁说：

"就在小饭馆吃点饭，酒就不喝了，吃罢饭，你跟我到少年文化活动中心走一趟。"

手中都没有钱了，吃饭都不讲究排场了。

王超越说了一声行，然后问："到少年文化活动中心干什么？"

常旺宁不快地说："找韦明亮算账。"

王超越问："文化传媒公司也出事了？"

常旺宁愤愤地说："都是一帮骗子！"

王超越和常旺宁从市政府外的大街拐过去，来到市政府东边的小街上。小街两边的店铺、服装店、五金店、烟酒副食店、小吃铺，呈现出惨淡的景象：有一半之多的小吃铺关了门，门上贴着店铺转让的启事。看来，那些以前经常在这里吃饭的市政府干部，不来这条街了，所以小吃铺难以为继，关门了。王超越好长时间不进小街了。王超越紧走了几步，来到了杂面小吃店。还好，杂面小吃店正在正常营业。王超越和常旺宁先后走进杂面小吃店。小店里不见一个顾客，那个既是老板又是厨师的中年男人坐在桌子边，在看一张旧报纸。

中年男人问："吃甚？"

王超越问常旺宁："吃甚？"

常旺宁说："最简单的吃法。"

中年男人说："就吃素臊子杂面吧。再也没甚吃的了。"

常旺宁说："两碗。"

王超越喜欢吃素臊子杂面，价格不贵，一大碗才九块钱。每个顾客面前，还会摆上花花绿绿五味俱全的调料、小菜。

中年男人进后厨去了。

店铺不大，前厅坐顾客的地方只有十来平方米，后边的厨房不过三五平方米。这种小店铺，看起来简陋，一年赚个十来万块钱不成问题。

常旺宁坐在凳子上，默默地吸着纸烟，显得心事重重。常旺宁以前并不多吸烟，身上从来不带烟，现在看起来烟瘾很重，一支接一支地吸。

中年人在做饭，王超越站在厨房的格挡跟前，和中年男人拉起了话。

王超越问："今年生意怎么样？"

中年男人说:"你看到了,今天中午就进来你们两个吃饭的。"

往年,来这里吃饭的人不少,遇到吃饭时间,店铺里坐不下,有些顾客就端着碗在店铺外的人行道上吃。

王超越说:"大酒店的生意受影响了,小店铺的生意也受影响了?"

中年男人灰溜溜地说:"月底,租赁期到了,我们就收摊了。"

听到这话,王超越失望的情绪涌上心头。毕竟,他在这里吃了十来年饭了。

王超越问:"生意再好不起来了?"

中年男人忧伤地说:"难好了。人们如今手头上都没钱了,能节省一分钱就节省一分钱,所以没多少人来这里吃饭了。那几年,咱这里,人人都有钱,谁也不会在乎三百五百块钱。这两年,人人都放高利贷,放出去的钱收不回来,手中就没钱了。我就不明白,那些钱都到哪里去了?"

又说到放高利贷的事上了。王超越听到放贷的事就心烦,没再吭声,转身坐到了常旺宁的身边。

中年男人把面煮进锅子里,然后端上来一盘子小菜和调料,调料有十来种,小菜有四种:咸菜、黄瓜菜、黄豆、浸泡起来的由萝卜做成的黑干菜。

王超越和常旺宁吃过饭,掏出二十块钱,递给中年男人,说:"没零钱就不要找了。"王超越说罢转身和常旺宁一起走了。

中年男人跑出店铺,把两块钱递过来。

这钱不接有损中年男人的尊严。王超越接过那两块钱,伤感地望了一眼中年男人,心里怪不是滋味。中年男人无奈地笑了笑。

王超越和常旺宁出了小街,王超越说:

"你在这里等一等,我进政府院子里取车。"

常旺宁说:"就不讲那排场了。这里有公交车,我们坐公交车吧?"

常旺宁是个花钱大方的人,现在是能节省一分钱就节省一分钱。

王超越还是进政府大院把车开出来了。

在路上,常旺宁说:"我和韦明亮合办文化传媒公司有两年多时间了,韦明亮没算过一次账。每次我要算账,他就会说没有把账厘清楚。前两天,我实在是手中没钱了,要和他支领一点儿钱,他却说公司赔钱了,还问我能不能抵垫一些资金,保证公司的正常运转。公司怎么会赔钱呢?我给公司介绍了不少生意,公司运转情况一直不错,不可能赔钱。韦明亮肯定耍手段了,不值得人信任了。我要趁早了结文化公司的事情,免得吃亏。我昨天和他说好了,让他把账准备好,我要算一下账。他说今天下午到他办公室算账。"

王超越和常旺宁到了浩泽区少年文化活动中心,是下午刚上班的时间。韦明亮是少年文化活动中心的副主任,一个人一间办公室。看到王超越和常旺宁,韦明亮憨厚的脸上露出了憨厚的笑意,诚恳又热情地说:

"两位领导来了,快坐快坐。"

常旺宁和王超越坐下后,韦明亮没吭声,就是憨憨地望着常旺宁发笑。

常旺宁首先问账准备好了没有，韦明亮说好了。接着，韦明亮从抽屉里找出几沓条据，递给了常旺宁。常旺宁翻了翻条据，就递给了王超越。

王超越首先看了入账条据，入账的条据都是白条，一个人的字迹。王超越又看出账的条据，出账的条据上的字迹，和入账的条据上的字迹一模一样。王超越纳闷了，问道：

"怎么出账和入账都是一个人写的？"

韦明亮憨憨地笑着说："我是个不计较小节的人，做事也懒散，出账和入账都是我一个记的。"

王超越问常旺宁："你们不是有会计吗？"

常旺宁说："是有会计。不过，韦总负责经营，挣回来的钱都从他那里过手，可他没有交到会计手里。他手上的账务也没有交到会计手里。"

王超越说："这首先就不符合财务制度。"

韦明亮不满地说："两个人的生意，要甚财务制度哩？"

王超越把两沓条据递在常旺宁手上，说："这账务就没办法看啊。"

常旺宁接过条据，问："韦总，两年时间了，咱们公司赚了多少钱？"

韦明亮说："没有赚钱。我自己还垫了一些钱。账在我手上，我垫就垫了吧。"

常旺宁问："哪我们搞的那些演出活动，都是赔上钱搞的？"

韦明亮笑着说:"是的。"

常旺宁说:"我介绍的交警队那场专场演出,我粗略地计算了一下,我们能赚十几万块钱。我们在春节为民政局搞的演出活动,也能赚十来万块钱。那些小的活动,就不说了。还有那些搞婚庆活动赚的钱。你自己出去联系的生意,我还没有计算呀。给胡本忠的父亲过寿的那场活动,咱们也收了三十万块钱。"

韦明亮说:"胡本忠给了二十万,不是三十万。"

常旺宁说:"胡本忠在我面前说是三十万。"

韦明亮说:"就是二十万。他有甚证据说是三十万?"

常旺宁说:"他把钱打在了你的银行卡上了。"

韦明亮说:"我不会再还给他十万块钱吗?"

常旺宁说:"你有还给胡本忠十万块钱的证据吗?"

韦明亮反问道:"他除了银行打过款,手中再有我的收条吗?"

常旺宁说:"你不要以为胡本忠坐牢了,就没办法与你对质了。我们可以搞到他的书面证词。"

韦明亮说:"书面证据也是一家之言。"

常旺宁摆摆手说:"就按你说的二十万。那么,二十万块钱又哪里去了?"

韦明亮说:"给歌手发出场费了。"

常旺宁说:"你说过,一个歌手出场一天时间,才是五千块钱,一个演奏员出场一天时间,是两千块钱,三个演奏员,三个歌手,把路上的时间计算在内,共五天时间,是多少钱?"

常旺宁说罢掉头看着王超越。

王超越说:"三个歌手是七万五千块钱,三个演奏员是三万块钱,共计十万五千块钱。"

常旺宁问:"那剩下的九万五千块钱呢?"

韦明亮"这""这"了两声,才说:"歌手出场费一天是一万块钱,演奏员出场一天是五千块钱。"

王超越说:"那么说还亏了两万五千块钱。"

韦明亮说:"就是。"

常旺宁说:"咱们的那几个歌手有那么高的出场费吗?你不是说晚上出场一场节目一个歌手才五百块钱吗?"

韦明亮说:"到胡家沟是在乡村,出场费自然高了。"

常旺宁又问:"那给交警队和民政局的那两场演出活动挣的钱呢?"

韦明亮说:"给政府部门搞的活动,钱都打在了公司的账号上了。"

常旺宁说:"你不是都又取出来了吗?"

"取出来的钱,我给演员歌手们付了出场费。"

"这些天,有好几个歌手跟我要过钱了。他们说咱们公司欠了他们很多的出场费。"

韦明亮有些激动地说:"他们这是瞎说哩!"

王超越接着说:"按照常规,进账要有凭据,出账时收款方也要打收条,或者是出具发票。"

韦明亮有些不好意思地说:"我这人,是个大木头人,大木头人是甚人?大木头人就是说像木头一样的人,不会耍心眼,也不会算账。"

常旺宁扬扬手中的条据，讥笑道："你说你是个大木头人？笑话！你这个账做得还不错，我看了总数，收支平衡。"

韦明亮说："我说过了，我还垫资了一些钱。我就不计算了。"

常旺宁生气了，质问道："那些歌手在向我要钱，你到底是不是给付了？"

韦明亮理直气壮地说："都付了。"

王超越提醒道："你给人家付钱，人家没有打收条？"

韦明亮说："有人打了收条，可我不知丢在哪里了。有些人没有打条子，我就把钱付了。"

王超越说："问题是账务上有很多是你代人家打的收条。你付钱，你又代人家打收条，这个在账务制度上是不合规定的。人家要在法院起诉咱们，你写的这些条据，法院不会支持的。法院看到收款的条据，才视你付了款。没有人家写的条据，那就视你没有付款。法院要讲证据。"

韦明亮又激动了，说："那让他们把没有收钱的证据拿出来。"

王超越说："人家收了钱，才出条据；人家没收到钱，自然就不会有证据。"

韦明亮又憨憨地笑了，说："他们没证据，我们也没证据，不是就扯平了？一个歌手也就是几万块钱，又都在一个圈子里混，谁也不会打官司的。"

常旺宁气愤地说："我投了一百万块钱，一毛钱都没有见到，还惹了一大堆麻烦。这几天，那些跟我要钱的歌手，我觉得比给我们放款的人要钱都烦人。你到底给人家付了钱没有?"

韦明亮肯定地说:"付了。"

常旺宁说:"那我们把那几个歌手叫在一起对质一下。"

韦明亮说:"不需要。让他们跟我来要,我对付他们。"

常旺宁说:"另外,据计算,这两年来,我们的盈利不会低于五十万块钱。这盈利都到哪里去了?"

韦明亮脸上又出现了标志性的憨憨的笑容,说:"你算错了,就没有赚钱。这个我比你清楚。"

常旺宁说:"我投了一百万块钱,你就给了我这么两沓白条子,就算完事了?"

"对。"

常旺宁气愤得嘴巴都歪了,质问道:"你说,我们这个公司再怎么运行?"

"你看着办吧。"

常旺宁说:"我把我的股份撤出来。"

韦明亮说:"行。"

"怎么撤?"

"就那些设备,咱俩人按投资的比例分。对了,我经营了两年多公司,没挣过一分工资,你得给我付工资。"

常旺宁大声说道:"我投资了一百万块钱,到头来一分钱也没挣回来,我还倒给你补工资。你还想跟我要甚钱?"

韦明亮又憨憨地笑了,说:"生意买卖就是有赔有挣。咱那些设备,到你手上也没用了,分给你的那份就折算成工资。我算过账了，那些设备给了我一个人，咱俩就谁也不欠谁的了。"

常旺宁质问道："那些歌手要钱的事怎么处理？"

韦明亮说："不要管了。公司都不办了，还管他们做甚哩。"

王超越说："你还在这个社会上混，就这么做事，你说谁还敢再跟你打交道？"

韦明亮又憨憨地笑了："没甚，没甚。"

常旺宁骂了一声："无耻！"

常旺宁骂过，站起来，把那堆条据摔在桌子上，拉开门，出去了。

王超越站起来，伸手把桌子上的条据拿起，说："我劝劝常旺宁，让他不用生这么大的气。这条据既然是你给他的，我替你再转给他。"

"他气死了都活该，谁不晓得他就是个混混。"

"你说这种话，是不应该的。他对你确实不错。他给你送过不少东西，也请你吃过不少饭。"

韦明亮不屑地说："谁稀罕他的东西、饭菜。"

韦明亮办公室的门没有闭上，常旺宁在走廊上听到韦明亮的话，转身又进了门，两眼怒视着韦明亮。韦明亮又憨憨地笑了。

王超越担心常旺宁做出不理智的动作，急忙推着常旺宁出了门。

在路上，王超越气愤地说："世界上还有这么无耻的人！"

常旺宁感叹道："这么无耻的人越来越多了。"接着常旺宁又说，"我总以为，小额贷款公司的事烂了，文化传媒公司的盈利还能帮我过日子。没想到,这个韦明亮这么无耻。太让人感到郁闷了。你今天不要上班了,陪着我到郊外散散心。我没想到啊,韦明亮其实就是一个大骗子。从开始,他就准备骗我。我防住了那个姓赵的,可没防住这个姓韦的。到处都是骗子!"

王超越说:"他做了假账,骗取了公司的钱,应该负法律责任。这些账务条据你不能不要,打官司是最好的证据。"

常旺宁叹了一口气,说:"文化公司的事情,目前我还没精力处理。我今天只不过是先给他上上话。我投了一百万块钱,赚回来的钱他一人独吞了,还不满足,还把债务推给了我。那些歌手和他要钱时,他说公司赔钱了,让他们向我要。我这是在给他回转的余地。可是那种人,一副死猪不怕滚水浇的样子,除了走法律途径,再没甚好的办法。等我先把小额贷款的事情理顺了,再和他过招吧。"

王超越开着车,出了城区。王超越开车到了南郊环城路的拐道上,又向上行驶了一段路程,到了山上,在一片树林边,停住了。

王超越和常旺宁两人走上山梁,在两棵白杨树下停住了。

正是初春季节,黄漠漠的土地上,生出点点星绿。绿色太少,生机并不盎然,不能掩盖漫山遍野的荒凉景象。但站在山上,天宽地阔,山风徐来,令人感到神清气爽。王超越的心情忽然开朗了。

常旺宁没有好心境,坐在地上,闷头吸着纸烟。接连吸了几支烟后,常旺宁才说起了这些天的遭遇。

王超越的车肇事的前两天，小额贷款公司被几个放贷的人砸了。从那天起，他的手机就关了。那天晚上他打电话，想和王超越谈谈小额贷款公司的账务情况，没想到打通电话时王超越的车刚出了肇事。他随即关掉了手机。不几天，追债的人追到了家里，把他们的家占住了，砸了他们家的所有东西，他们没办法在家里待了，他和妻子都向单位请了病假。他打电话，让胡本忠把他和妻子接到胡家沟。他和妻子在胡本忠老家胡家沟新建的窑洞别墅里一住就是一个多月。田仕成死了后，那些债主明白田仕成已死，他再出个事情，他们的钱才是真正地打水漂了，心情恢复了平静，也理性了，所以到处放话，给他的手机发短信，希望他回来，和他们一起面对债务问题。他不想回来。他觉得胡家沟是个安心静养的好地方。他甚至打算退休后，在胡家沟安度晚年。收到胡本忠出事的消息，他明白是离开胡家沟的时候了。

常旺宁离开胡家沟的前一天夜晚，胡本忠的父亲和他说了一个晚上的话。胡本忠的父亲说，胡本忠从小就是一个热心的孩子，对人友好，又能吃起亏，所以有很多人爱跟他打交道。胡本忠初中没毕业，就在县城车行里修车，工资还行，过日子是没问题的。后来，胡本忠给煤老板开了几年车，接着出来自己干了。胡本忠的父亲说，他做梦都没想到，儿子能挣下这么大的产业。他晓得儿子贷了很多人的款，一直担着心，可终究出事了。胡本忠的父亲又把怨气撒在了儿媳妇身上。他说儿媳妇好吃懒做爱打扮，不是庄稼人家里的人。他不晓得儿子怎么就和儿媳妇谈成了。他没能力，以前也不能对儿子的婚事说长道短。他听说，为了儿媳妇的工作，儿子把上千万的钱给当官的送了。上千万，够一个人好好地享受一辈子，还要那工作做甚哩。可儿媳妇虚荣心强，逼着儿子在大漠给她找了那么一份正式的职业。说起儿媳妇，胡本忠的父亲不住地叹气。

第二天，胡本忠的父亲把常旺宁送出了村子，还说："你想回来住，就住吧。这地方，除了胡本忠，没多少人想住，可胡本忠再能不能住上，很难说了。"胡本忠的父亲说着，两眼流出了泪水。

坐在车上，常旺宁想起了胡本忠父亲过寿的情景。他也想起了自己那段风光无限的日子。

常旺宁说，他回来遇到的第一个难题，就是政府口头通知，法院不能受理公职人员的债务诉讼案件。他和田仕成的儿子无法通过法律程序，向欠小额贷款公司债务的人追款。还有，小额贷款公司收回来的贷款，是他写的条子，他盖的私人印章，可没有法人代表田仕成的私人印章，只盖了小额贷款公司的公章，这是一个大失误。有人起诉他了，还没开庭，不晓得法院最后怎么认定贷款的条据。小额贷款公司放出去的款，有田仕成的签字印章，要对贷款的人起诉，也是由法人代表起诉，他不是法人代表，得由田仕成的继承人田仕成的儿子起诉。更让人感到为难的是，田仕成死了，那些放款的人不讲道理，就和他要钱，说谁收款就向谁要钱。

常旺宁的神情极度地沮丧。王超越忘了自己放贷的烦恼，劝起了常旺宁。王超越晓得常旺宁有两个哥哥是大老板，问常旺宁他那两哥哥的生意怎么样。常旺宁说这次全市的债务危机中，两个哥哥好像没受到太大影响。王超越建议常旺宁先向两个哥哥求援。常旺宁叹了一口气，说：

"钱数太大了，不好开口。再说了，虽说是亲兄弟，分家门另家户，各人有各人的日子，各人有各人的难处呀。"

王超越说："人在困境中，弟兄不帮忙就不叫兄弟了。只要你张开口，你的两个哥哥肯定会帮忙的。"王超越晓得，常旺宁的两个哥哥都是有上亿万资产的大老板，有能力帮助常旺宁走出困境。

常旺宁苦笑着摇了摇头，说："我的那两个嫂子，都不是善茬。我不能给兄弟添麻烦。"

二十一

失眠了，王超越几乎一夜未眠。谁也没有给他施加压力，可他感觉到浑身上下都有无形的压力。上班时间到了，他没有起床。统计局是个清水衙门，无职无权，一年四季没有多少业务。单位上的人想来就来，想走就走。只有那些年轻人，才按部就班地坐在办公室。王超越本来一直是全局上班最认真的人，可放贷把人心搅乱了，他在单位上也是混日子的状态。十点钟，王超越起了床。他草草洗漱了下了脸面，就出了家门，开着车去上班。待在家里更是百无聊赖，坐不住。

王超越到了办公室的门上,科长站起来往出走。

王超越问:"出去?科长。"

科长说:"小余、小乔早上都没来上班,你来了就好。现在是混乱的日子,可咱们科室不能混乱。"

科长的话是这么说的,可他的内心比谁都乱。眼看着年龄到了,职务还上不去。大半辈子省吃俭用,积攒下五十万块钱,只换来了一次十天的欧洲旅游,再分文未收回来。他又坐不住了,天天往局长办公室跑。他又怕科室的上班秩序乱了,影响自己的升迁,所以其他人不来上班,他忠于职守地坐在办公室。尽管小余小乔这两个年轻人都认为他坐也白坐,可科长一如既往地坚持自己的处事规则。

中午,王超越在政府灶上吃了饭,就回到了办公室。他坐在椅子上,身子伏下去,头耷拉在桌子上。还没到上班时间,他想睡一会儿。王超越脑海里不断地出现杂面小吃店中年男人无奈忧伤的面容,接着,两个姐姐的面容也交替出现了。心里的负担太重,瞌睡想睡都睡不着。他又开始计算给信用卡上还钱的日子。

王超越一个月的工资涨到了五千来块,可一个月得还三千多块的房贷,儿子读硕士得花两千多块,车贷要还六千多块,一个月总开支一万二千多块钱,硬缺口就是七千块。要不是婆姨还挣着几个钱,他们家连饭都吃不开了。入不敷出,王超越每个月都要从信用卡上透支一笔钱,到还款期向单位的出纳借钱还款,第二天再在信用卡上透支钱,然后还给出纳。出纳给他借钱违反了财务制度，他老觉得难为了出纳。不过，出纳对他非常信任，也同情他的处境。信用卡上的额度只有三万块，而王超越透支的额度逐月递增。最后，这个窟窿怎么往上补？他想卖车，可人家给的价格连银行的贷款都不够还。

直到上班时间，王超越还没有睡着一分钟。

王超越坐在办公室，神情萎靡，没有目标地盯着墙壁发愣。

小余来了，这个年轻人真沉得住气，自己陷进了放贷的泥淖，心情郁闷，可还会安慰他。小余说："王科长，放出去的款要不回来，是大势，又不是你一个人。你愁也没用。过去全民放贷，那是资金流转，如今放贷收不回来，是资金滞转。转不动就转不动呗，人家转不动能过日子，我们也能过。我想开了，我那放出去的钱，就算白扔了。来日方长，我们再找挣钱的机会。"

王超越在想，自己的钱白扔了，东借西挪，紧张几年，最终也能混得过去，可两个姐姐的钱不能白扔，用生命换来的血汗钱不能白扔！如若姐姐的钱能要回来，他自己再难，也不会这么愁肠百结。

电话铃声响了，小余接起了电话，接着，小余对王超越说："王科长，你的电话。"

王超越从桌子上拿起连线的电话话筒。

武德雄大声说道："王超越，你怎么把手机都关了？我今天打过好几次了，都是关机。"

王超越一边接电话一边从衣袋里掏手机，掏出手机一看，真的是关机。

武德雄在电话中说:"陈扬到阳光县当县长的事定了,今天下午,咱们到黄金国际大酒店聚一聚,贺贺陈扬。"

王超越这些天让放贷的事搞得头昏胸闷,对外界的事一无所知。陈扬和他在一座大楼里工作,他和陈扬通过不止一次电话,可陈扬当县长的事,他连一点儿风声都没有听到。

宽大的接待大厅里,冷冷清清,进出的顾客寥寥无几。以前,这家酒店,接待大厅常常是人声鼎沸,每一个走进来的人,都是踌躇满志的派头。王超越似乎不能确信自己走进了全市最豪华的国际大酒店,不由得东张西望。服务员走过来了,问他在哪个包间。他说在黄金厅。

王超越走进黄金厅,见同学们都来了。同学们聚会,他总是最后到场。望着坐在餐桌周边的同学,王超越有些惊讶。陈扬坐在上首,武德雄坐在了左侧,右侧空着一个位置。

陈扬对王超越说:"来,王超越,坐在我跟前来。"

只有陈扬跟前的位置空下来了,王超越只能坐在陈扬跟前。按职务,他不能坐在陈扬跟前。坐在陈扬身边,王超越觉得今天的座位有点怪。武德雄今天为什么把重要的位置让给了陈扬?

武德雄首先发话了:"今天,我召集大家,一起庆贺陈扬荣当县长。"武德雄说着,转过头,面对着陈扬说:"请陈扬同学给咱们说几句话。"

陈扬端起酒杯,说:"感谢武德雄行长的宴请,感谢同学们的光临。借武行长的酒,我敬大家一杯。"

陈扬端举起酒杯,和大家逐一碰了碰杯,然后喝尽了杯中的酒。

武德雄又亲自给大家斟了一杯酒，然后说："陈扬同学即将赴阳光县任县长一职，这是我们全体同学的荣幸，值得我们骄傲。请大家为陈县长的荣升干杯。"

大家都端起了酒杯，又是一饮而尽。

王超越转过头望了望陈扬，陈扬镇定自若地露出了满意的微笑。

王超越突然明白，陈扬为甚能坐在上首。陈扬是本地的县长，仕途无量，在本地同学中坐大已成不可逆转的事实。武德雄虽是银行行长，可毕竟是部门领导。而县长却是一路诸侯，有着至高无上的权力。日后，武德雄不可能一辈子在市上工作，不管是甚职务，终极目的地是省农行，再回到市上时，虽然是回老家，但身份已成客人。要想体面地常回家看看，就要有达官贵人接待，而陈扬就是同学中达官贵人的代表。他趁早把以前自己的座位让出来，向陈扬示好。估计他也没想到陈扬会当县长，否则，当初他不会拒绝陈扬贷五百万款的请求。

大家一边喝酒一边叙话，叙话时都谈起了目前的经济形势。

常旺宁端起酒杯，对着武德雄说："感谢武行长给我们贷款少贷了五十万。我们是少贷少赔，多贷多赔。"

武德雄笑道："你常旺宁是一条好汉，你就是欠下多少债，也没人敢跟你要。"

常旺宁笑道："你武德雄还真算说对了，你想帮忙都帮不上。我能应对。"

武德雄说:"你有两个有钱的哥哥,你肯定能说这种大话。"

常旺宁得意地笑了。

可是,王超越却发现,常旺宁得意的笑意中,流露出不易觉察的苦涩。

武德雄说:"你看人家王超越多有眼光,把贷出去的钱都还回来了。不吃那利,也就没那样的风险了。"

王超越苦笑道:"我有甚眼光哩。有眼光,人还能瘦了一圈?"

大家都把目光投向了王超越,王超越真的消瘦了许多。

武德雄问道:"你王超越也赔进去了?"

王超越自嘲地说:"大形势是这样的,我能幸免吗?"

武德雄"哦"了一声,说:"你把家里积攒下的钱投进去了?"

王超越说:"我把亲戚们的钱都投进去了。"

武德雄问:"事情大不大?"

王超越说:"我想卖车,可人家给的钱连买车在银行的贷款都不够还。"

陈扬说:"现在的二手车最不值钱。那些老板资金周转不开,都在卖车。几百万的车,没开两年,才卖几十万。"

武德雄说:"你王超越自带手艺,怎么不搞第三产业呢?"

王超越茫然地问:"我有甚手艺?"

王超越性格平和,做事谨慎,武德雄一直对王超越有着不错的评价,他想帮一把王超越。武德雄说:"你是搞统计工作的,对会计业务那么熟,为甚不当兼职会计呢?你要是想当兼职会计,我给你联系两家公司。每家工资保证在三千以上。"

王超越恍然大悟地"啊呀"了一声，说："我给常旺宁当了两年多的兼职会计，怎么就没想到再搞兼职工作。只要能兼上职，我请你们在这里摆一桌。"一个月能多收入六七千块，就能解燃眉之急。王超越觉得，这就是雪中送炭。

武德雄不屑地说："你遇到困难了，我能让你宴请吗？想吃喝，天天都能吃喝。请我的人排着队。"

王超越说："现在有八项规定，单位的招待费都控制住了，还有人天天请你？"

武德雄说："不能用公款吃喝，私款吃喝总可以吧？"武德雄说着，哈哈笑了。

陈扬对武德雄说："在座的都是同学，你能不能说一说你的事办到甚程度了？我们好提前祝贺一下。"

已有传言，武德雄一直在争取省农行副行长的职务。陈扬曾给王超越说过，吴艳的一个大学同学在国家农行身居要职，只要吴艳上心，武德雄就完全有可能到省农行当副行长，甚至上更高的台阶。朝中有人好做官的说法，现在不过时。

武德雄笑着说："竞争太激烈，我都放弃了。"

陈扬说："不能放弃。你这么厉害的一个人，怎么能轻言放弃呢？"

武德雄向来算能沉得住气，他说："命运不争气。前一时期刚考查过，正准备公示，阳光县的农行出事了。阳光县农行的副行长以农行的名义，非法集资几千万块的资金，在这个节骨眼上被人揭穿了。我没受处分，已是万幸，哪还能上台阶呢。不过，我现在的位置也挺好的,不想那个省行副行长的事了。"武德雄大度地说,随即又建议道,"来,咱们喝起来。"

大家又端起了酒杯。同学们坐在一起,还是挺愉快的。有武德雄答应给他找兼职工作,王超越的心情放松了。在同学们看来,常旺宁,不管有多大的债务,吃喝不误,玩乐不误,活得潇洒。只有王超越明白,同学们眼中的常旺宁,并不是真实的常旺宁。常旺宁曾经对王超越说:"我在交警队当了多少年的交警,谁也没重用过我。那些当官的,看谁给送的钱多,就重用谁。我没给当官的送过钱,当官的从来没正眼看过我一眼。他们不重用我,我就胡搞,公开地要吃要喝。我有意自黑交警的形象,专门给交警脸上抹黑。至于人家骂我,他们也不敢当面骂。当官的把坏事干绝了,他们不在我们面前维护自己的尊严,我们为甚要爱护交警的形象呢?当官的不高兴了,就破口大骂,让平顶子老百姓受气。你说当官的是些甚东西!你们行政部门和我们不一样,上下级关系不会搞得太僵,能说得过去。可是,交警部门,带着法,其实也就带着骂人的职业习惯,领导就爱骂人。我这样胡搞搞得出了名,最起码领导不敢骂我了。你看,我多少天不到单位去上班,他们谁也不吭一声。这就对了。一人有一人应对世事的办法,不然就活不成了。"

宴会结束,同学们说说笑笑地走出了黄金国际大酒店。

突然,有一个中年男子冲上来,扑在常旺宁跟前,一把揪住常旺宁的衣服。

大家都愣住了。

中年男子大声骂道："常旺宁，你还有甚脸到大酒店吃喝呢？你快些还老子的钱！"

常旺宁喊道："你放开！"

中年男子紧紧地揪住常旺宁的衣领不放手。

大家立即上前，把中年男子的手拉开，阻挡开了中年男子和常旺宁。

常旺宁毫不示弱地喊道："你小子今天糟蹋老子，老子就是有钱也不还你！老子的名誉，你那几十万块钱是不够买的。"常旺宁喊罢，就走开了。

常旺宁的叫嚣，吓住了那个中年男子，中年男子愣住了，站在原地，没敢追常旺宁。

王超越急忙追上常旺宁。他怕常旺宁出甚意外。他要把常旺宁护送回家。

路上，常旺宁对王超越说："这些天，上门要债的人不少，谁也没像这小子当众辱骂我。"

王超越说："好多人被债务逼急了。"

常旺宁不服气地说："我也被债务逼急了，我能这么跟人家闹事吗？再说，小额贷款公司是田仕成的公司，我只不过是代他管理公司，我和你在公司兼职的性质差不多。这个在田仕成留给我的合同上写清楚了。田仕成这人还算仗义，给我留了后路。不过，他也为小额贷款公司的债务处理做了规划，他儿子会在市场经济转好后，去做善后工作。"

王超越问："你个人欠不欠款？"

常旺宁说:"办文化传媒公司赔进去一百万,买了一辆车花了一百万,从小额贷款公司拿走一千万,放在一家煤矿上,老板跑路,估计要不回来了,请客送礼也花了大几十万,总的算下来,我有外债一千三百万。这还要除去小额贷款公司的债务。"

王超越说:"你想办法先把钱给人家还了,免得受人纠缠唾骂。"

常旺宁强硬地说:"不还,就是不还。市场经济不行,又不是我个人造成的。人家能欠我的钱骗我的钱,我就不能欠人家的钱?我把钱还了才成了怪事情。我和老婆离婚了,财产都过在了老婆的名下。我如今又找了一个小我二十岁的女朋友,图个红火热闹。这就叫生意场失意情场得意,日子过得还算滋润。我就想混日子,谁也把我怎么样不了。大不了我就坐几年牢。"

王超越再次劝常旺宁向两个哥哥开口:"你向你哥哥挪借上些钱,先把欠债还了,少一些烦恼,心清静了,重新把家庭组织起来。我们都是四十几岁的人了,过了浪漫的年龄了,过安稳的日子比甚都重要。"

常旺宁说:"我们都是分家门另家户了,他们不主动,我哪好意思向他们张口呢。"说罢,常旺宁长长地叹息了一声。

日后,这一声长长的叹息声,时常在王超越的耳畔响起。

王超越和常旺宁分开后,王超越站着没动。常旺宁孤独地行走在昏黄的路灯下,步履缓慢,一步三摇,仿佛喝酒喝醉了。王超越突然想起,几个月前的那个夜晚,常旺宁也是这样消失在暗夜中的,随后失踪了两个多月的时间。

同学聚过餐，王超越就天天等着武德雄给他联系兼职的会计差事。一个多月的时间过去了，王超越等不住了，给武德雄打电话问了，武德雄说：

"我问过几家企业了，都有资金困难的问题，连在职的员工工资都发不开。对不起，老同学无能，没把这事给老同学办成。"武德雄连连说抱歉的话。

王超越客气地说："没关系。其实，你拯救了我，可拯救不了我的姐姐，更拯救不了所有被放贷套牢的人。"

王超越话是这么说的，可内心深深的失望几乎摧毁了他活人的意志。王超越已无力应对眼前的困局了。

王超越心理压力过重，脸色沉沉，不苟言笑，对任何事都没有兴趣了，时不时地就突然发出一声长长的叹息，常旺宁的那声叹息也时不时地在耳畔响起。

妻子向来舍不得穿，舍不得买化妆品，对每一笔开销，都要权衡计算，能不开销就不开销了。如今大几十万块钱要不回来，能不心疼难受？可妻子并没有大喊大叫地责怪他，只是偶尔抱怨几句。

一天，妻子下班回来说："霍叙的儿子在旧历六月初十结婚。到时咱们到婚礼现场去要钱，把那些礼钱要过来。"

原来，妻子也一直在关注着霍叙的动向。

王超越说："大喜的日子咱们去要钱，等于糟蹋人家哩，会给人家心里留下阴影的。"

妻子突然歇斯底里吼道："我的心里已经留下了阴影！"

喊罢,妻子嘤嘤啼哭了,那哭声压抑而绝望。

从那天起,妻子的精神状况一天比一天差,身体日渐消瘦。

二十二

常旺宁失踪了。常旺宁和父母住在一起。不管是忙是闲,常旺宁只要不回家,就给两位老人打电话。就是那消失的两个多月,他也每天按时给父母打电话。可是,这次离家,竟然两天没有与家人通电话。家里人给常旺宁打手机,手机总是关机。常旺宁真的失踪了。

常旺宁玩失踪,大家不感到奇怪。常旺宁就是个混世魔王,人很聪明,结交广泛,做事从来不考虑能不能做,只想怎么痛快怎么做,四十几岁的人了,随心所欲的行为像个浪荡的年轻人。这样的人,有债务缠身,玩一玩失踪,大家晓得不是大不了的事。前一段时间,就失踪了两个多月。两个多月后,他不是又出现在大家面前了?可是,他的家人着急了。前一段时期失踪,他都在跟家人保持着联系,还带着妻子。这次他是悄无声息地离开了家门。家人请求公安部门协助查找。在他和父母住的小区附近的十字路口监控里,出现过常旺宁的身影,其后,城里的所有的监控里,再没有看到常旺宁的影子。是他坐出租车走了还是熟人开车把他接走了?查找他的手机号码,亲属们问过几天内接打过电话的人,竟无一人与常旺宁见过面。但有一个人提供的通话内容,更让亲属们感到不安。这个人是常旺宁小学的同学,在老家放羊。他放羊时,接到过常旺宁的电话,是常旺宁失踪的头一天。常旺宁打电话,问他硼砂的毒性怎么才能发挥最大的作用。常旺宁知道放羊的人,经常将硼砂搅拌在粮食里,撒在山上,往死毒山鸡,深谙如何发挥硼砂的毒性。常旺宁的同学也没问常旺宁为什么问这个问题,就将硼砂发挥作用的方法说了。可常旺宁的老同学没听出常旺宁异样的口吻,还在最后说有空进城来找他,聚一聚。公安部门启动了手机定位系统,寻找常旺宁的手机。手机定位定到了西城郊的一座荒山上。常旺宁的亲戚朋友们就在荒山上查找,几天下来,没有寻找到常旺宁的任何踪迹。他为甚要玩失踪呢?

王超越是几天后才晓得常旺宁失踪了,他和许多同学的想法一样,常旺宁玩失踪,仅仅是又一次躲债的行为,说不定哪一天,他突然就出现在大家面前。至于在交警队的工作,丢不了,他那种人,谁都不愿意惹动。他走了,正是领导求之不得的事情,眼不见心不烦。

快到了新年的元旦,王超越的信用卡透支额度接近三万了,王超越正愁着怎么补上这个窟窿,并没有关注常旺宁的失踪事宜,同学们偶尔在他面前说起,他说谁不想失踪几天,在外人看来是失踪,对自己来说能远离烦恼,逍遥几天,实在是再美不过的日子。一段时期大家都以为王超越晓得常旺宁的下落。其实,王超越说那些话,就是因为自己深陷债务危机,想寻机脱逃,才有感而发。霍叙说好旧历年年底能还钱,王超越不相信,但仍抱着一线希望给霍叙打电话。

霍叙说:"老王,不行啊。我一直在卖煤矿,天天引着人看煤矿,也天天跑到银行里去贷款。陪着人喝酒把几大缸都喝了,可没有结果。我不会逃避自己的责任。你看,我的手机对你们是全天开放。我会想尽一切办法搞钱。只要有了钱,我首先给你还。"

希望如想象的一样落空了。只有卖车,才能解决目前的困境。高配帕萨特车,购价二十七万,加上税费,还有保险费,共出了三十万,开了一年多时间,跑了三千多公里,有人给十五万。从他想卖车开始,买二手车的人一直是出这个价。不能再拖延了,再拖延些时日,恐怕连这个价都卖不上了。王超越一咬牙,就以十五万块钱把车卖了。大家还直呼是个好价钱。卖掉车,王超越还了信用卡上的透支款,然后刚好够还银行的剩余的贷款。这才叫屋漏偏逢连阴雨。放贷五十万,回来四万五千块钱的利息,亏损四十五万五千块钱。买车耗资三十万,卖车只卖得十五万,又亏损了十五万。折腾了几年时间,六十万五千块钱打水漂了。刘地成借贷他的二十万块钱,他也不晓得该怎么计算了,还不知能不能要回来。他和妻子都是公职人员,不管天旱雨涝,都有固定收入,日子尚且能过得下去。可是姐姐们的血汗钱要不回来,等于他仍然陷在了债务危机里。

腊月二十八,王超越买了些优质苹果,去看望大姐。大姐夫的病越来越重。儿女们终于将大姐夫送进了医院。医生确诊为肺气肿,但宣告不治,只能回家疗养,因为过了最佳的治疗期。

大姐夫斜躺在床上,不停地咳嗽,不停地喘气,时不时地就出不上来气了，脸色铁青，直瞪眼睛。大姐夫已不能多说话了，看到王超越，指着床沿，说了声坐。

看到大姐夫被病痛折磨成这个样子，王超越心里非常地难受。王超越默默地望着大姐夫，大姐夫也望着他。大姐夫的眼睛发蓝，浮现着绝望的神情。王超越看出，大姐夫时日不多了。

王超越问大姐道："莲莲和笑笑来过没有。"

大姐的两个女儿莲莲和笑笑都不在身边，只有大儿子在跟前。

大姐说："来过。姐妹俩各有各的事，都回去了。"

大姐夫说："我就想见星星一面。"

大姐夫将近有十年没见过小儿子星星的面了。星星坐牢后，只有大姐探视过两回。

星星十六岁上就辍学跑了，大姐一家人多方查找，却音信全无。一年后，星星安然无恙地回来了。星星在家里住了几个月，跟着一个本村的油漆匠到河北的一家油漆店油漆家具。一年下来，那个同村的人离开了油漆店，星星没领到工资，只好再干下去。第二年，老板依然赖着不付工资。星星多次讨要无果后，点火烧了油漆店。之前，星星给家里写信说，他连回家的钱都没有，他不想活了。大姐刚收到星星的信，油漆店老板从河北跑过来，说星星烧了他的油漆店，损失共计二十来万块钱，希望大姐能赔付损失，然后以失手引发火灾为由，向公安部门申请从宽处罚星星。大姐在星星的信中晓得油漆店老板是黑心老板，星星在他的油漆店干了两年多，除了星星的日常开支能借一点钱外，再没正式领过一分钱的工资。大姐不出钱，油漆店老板就向公安部门报告损失共计一百多万。判决书认定的损失也是百万元以上。火烧的财产损失由老板一人说了算数？公安局是怎么侦办的？检察院是怎么公诉的？法院是怎么判决的？这件案子像迷雾一样，一直萦绕在全家人的心头。星星的纵火有前因后果。不是黑心老板拒不付工资，星星会纵火吗？星星年仅二十岁，因要不到血汗钱而一时冲动，才纵火烧了油漆店，属激情犯罪。激情犯罪有从轻处罚的法规，可是从被判十六年的有期徒刑看，是从重处罚了。至于老板向大姐说的二十万的损失，公安部门认定的损失变成了百万是怎么回事？是谁操弄了侦查、公诉、审判？王超越曾经多次和大姐夫讨论过星星的案子，想为星星翻案，大姐夫叹息着说："老天爷不想让谁活，谁也活不成；公家不想让谁活，不管有理没理，谁也好活不成。咱拼不过公家。"大姐夫说的公家，就是公检法。

王超越在想，是不是很快到监狱走一趟，请求监狱网开一面，由狱警带着星星，让父与子见上最后的一面。狱警旅途费用，由家属支付。他在报纸上见过这样的报道。监狱称其为人性化管理。可是，王超越看出大姐夫已支撑不了几天了，又遇到春节放假，要立即将星星接回来与大姐夫见面，已无可能。

王超越在大姐家坐了两个小时，起身告辞。

王超越说："大姐夫，你好好地养身子，我过几天再来看你。"

大姐夫绝望而贪婪地望着王超越。王超越的眼一热，扭过了头。

突然，大姐夫低声而沉缓地说道："公家亏了我的星星，老天爷亏了受苦人，我才六十来岁。"大姐夫依然不想离开他受苦受难的世界。见不到小儿子，他死难瞑目。

王超越回过了头。大姐夫望着他，还是绝望而贪婪的眼神。这眼神令人心碎。王超越转身离去了，他忍不住，眼眶里滚出了泪珠。如果当初大姐出了二十万块钱，也许星星早就走出了监狱。大姐把钱袋子交到他手上，他却白白地送人了。没有钱，大姐夫想与星星见上一面的愿望，却终难实现。王超越的肠子不是悔青了，是肝肠寸断。

大姐将王超越送出大门。

王超越问："你们给大姐夫照过相没有？"

大姐说："我们要送他到照相馆照相，他不起身，我们也没办法。"

王超越怒气冲冲地说："你们怎么不早说？我就有照相机。给我说一声，我过来就把相照了，还用得着到照相馆去吗？你们不晓得我会照相吗？"

让王超越生气的是，到处都是照相机，就是手机，也能照相，他们却念叨着到照相馆照相，大姐夫不去照相馆，他们就没办法了。大姐一家六口人，大儿子、大女儿和他们两口子都是文盲，星星和小女儿笑笑学历最高，上了七年学。他们的思维模式和处事方式，仍然停留在几十年前的落后时代。

第二天，王超越拿着照相机，给大姐和大姐夫各照了几张单人相，并给他们两口子照了合影相。合影相是他们一生唯一的合影相。

正月初三，大姐的大女儿莲莲打过来了电话，给王超越拜年，说他们夫妻春节到煤矿上加班，回不来了，过了正月十五回来再给舅舅拜年。

王超越说："你爸爸不行了，我看就是这几天的事了。你赶快往回走。"

莲莲正月初四回到了城里。初五早上，莲莲打电话说："舅舅，我爸爸临天明时，走了。"

人生苦短，大姐夫还是走了。

王超越很快到了大姐家。大姐家里来了众多亲戚和在城里生活的家族里的人。与众多的亲戚家族里的人相比，大姐家的生活还算不错，他们在城里拥有自己的房子，自己的家。

棺材没有买回来，大姐夫还躺在床上。身上穿上了故衣，脸上盖着红布。

大姐不停地用手抚摸着大姐夫的躯体，说大姐夫的身体还温热着哩。

莲莲说："我妈和我哥家里都没钱，我把准备买车的两万块钱拿出来了。"

王超越曾给了大姐四万五千块钱的利息，可大姐又借了她女儿的五千块钱，添凑成五万块钱，又放了高利贷，可分文没有收回来。他放出去的一百五十万块钱，在理论上说尚有收回来的希望，可大姐自己放出去的五万块钱，真正的是打水漂了。那五万块钱是放在了空手套白狼的小额贷款公司。小额贷款公司塌了，老板跑路了。

王超越双手捧住了脸。他无颜面对大姐一家人。

棺材买回来了，小卡车也来了，王超越和众人一起将大姐夫放进了棺材里，随后将棺材抬上了小卡车。

小卡车开走了。大姐夫生于小山村的土炕上，殁于城市里属于自己的家里，然后魂归故里，与天地同万古。老百姓说死亡就说万古了。多让人安心的形容词。这样想着，王超越伤感的情绪渐渐消散。可放贷的钱，仍然搁在心里，折磨着他的身心。

二十三

正月十五的夜晚，儿子在看电视上的晚会节目，王超越出来放鞭炮。儿子是硕士研究生，对放鞭炮之类的事情不再感兴趣，所以放鞭炮的任务只能由他自己完成。在大漠，过完正月十五，才算把年过完了，剩余的鞭炮，也要在这一天放完。王超越放过鞭炮，进楼门时，有三个陌生的男人跟进来了，他有些紧张，问道：

"你们找谁？"

一个大嘴巴的男子朝王超越笑了笑。好像在哪里见过这个男子，王超越以为是在电梯上见过，紧张的心情放松了。三个男子和王超越一同出了电梯。

王超越用自己带的钥匙开了门。突然，三个男子一齐拥过来，推着他一起进了门。

王超越惊呆了。他首先想到是劫匪上门了。这时他才记起，在放鞭炮时，他看到几个人在楼门前转悠。看来，来人上门是有预谋的。

妻子和儿子正在客厅看电视，突然看到从门外拥进来几个陌生的人，挟持着王超越，大吃一惊，都站了起来。王超越的儿子迅速跑进了厨房，出来时手里操着一把菜刀。

三个男子大摇大摆地坐在了沙发上，没有进一步控制人的举动。

大嘴巴男人对王超越的儿子说："小弟兄，不要动家伙。你们要拼，没有一个人能站起来。"

王超越问："你们要干什么？"

大嘴巴男人说："要钱。"

王超越问："要甚钱？"

大嘴巴男人说："给小额贷款公司放的款。"

王超越说："我是小额贷款公司聘用的会计，不是股东，所以小额贷款公司的债务，与我没有一点儿关系。他们还欠着我的工资。"

大嘴巴男人说："错。我的钱是你收走的。那天的你的老板不在，是你引着我们到柜台上存了钱，后来又是你把条据给了我的。"

王超越记起了，那天，有人要往小额贷款公司放款，常旺宁到县上去了，打电话让他引导放款的人，到柜台上存款。小额贷款公司的门市，只办小额的放贷业务，其实也是作为门面示人的，让客户觉得这是一个正规的小额贷款公司，起宣传的效果。事实上上了一万块钱，都是常旺宁亲手写收条，然后盖上小额贷款的印鉴，再盖上常旺宁的私章。常旺宁回来写了收条，让王超越亲自送给这个大嘴巴的男人。怪不得这个人看起来很面熟。

大嘴巴男人说："田仕成死了，常旺宁失踪了，你们贷款公司的第三号人就是副总经理兼会计，就是你，我们只能找你要钱了。"

王超越拿起桌子上的纸烟，给三个男子递烟，三个男子也没客气，接住纸烟，点着了，吸起来。三个人吸烟，客厅里烟雾缭绕，很快就显得乌烟瘴气。

来人是要钱的，不是打家劫舍的，没有威胁到人身安全，王超越摆头示意妻子进卧室去，接着对儿子说："把菜刀放下。"

儿子没听王超越的话，提着菜刀，站在了门边。

大嘴巴男人说："钱是你收的，不管你和小额贷款公司有没有关系，我就要和你要。你如果不给钱，或者不再给我打个欠条，我们就不走了。这套房子就成我的了。"

王超越说："不可能。我们可以上法院打官司。"

另一个光头年轻人说："能到法院打官司，我们还找你来干什么？从今天开始，到还钱为止，这家就成了我们的了。"

王超越说："你们这是私闯民宅，我们要报警。"

大嘴巴男人说："随便。"

王超越说："你们不讲道理。"

大嘴巴男人说："笑话！你们走的走死的死，我们还到哪里讲道理？"

"法院。"

大嘴巴男人冷笑了一声，站起来，对那两个年轻男子说："弟兄们，我走了。我不发话，你们就不能离开这房子。我们有权在这房里做任何事。出了问题，我负责。三天后，他不还钱，我就和你们一起住在这里，将他们一家人赶出去。"

大嘴巴男人说罢，就拉开门走了。

大嘴巴男人走了不久，三个警察就来了。王超越的妻子进了卧室，就打电话报了警。王超越向警察叙述了润泽丰小额贷款公司的情况，并说这三个人是故意讹他，还涉嫌私闯民宅。警察问那两个年轻人，年轻人说他们为老板上门讨账，不能算私闯民宅，至于具体的经济纠纷情况，要和老板说。

上门要账，并不违反治安秩序。谁是谁非，得由法院审判。大漠由上门要账引发的纠纷，太多了。警察来了，也就是例行公事，以劝促谈，谈不成，警察就不管了。

警察走了，那两个年轻人说说笑笑地睡在了客厅。

第二天，又有几个人上了王超越的家门。他们打碎了厨房里的灶具。他们把衣柜里衣服扯出来摔了一地。他们在房子里故意不停地抽烟。房子里乌烟瘴气乱七八糟，一片狼藉。有一个年轻人把天然气的软管扯断了，还说不还钱，让你们一辈子在这房子住不成。大家闻到了天然气的气味，有人大喊一声："房子要爆炸了！"王超越跑过去，将天然气上边的阀门关住，有几个人也意识到了事态的严重，跑着打开了窗子，那些吸烟的人，迅速灭掉了烟火。

出了扯天然气管道的事，王超越一家人不敢再在家里待下去了。王超越就安排妻子回娘家暂住，安排儿子提前返校。

二十四

儿子的个头比自己高，身材挺拔，肩膀宽阔，更具有男子汉的魅力。王超越望着儿子的背影，突然意识到，这个自己曾经庇护的小男孩，不再需要自己保护。而自己，已低了半个头，越来越萎缩，到了该需要儿子保护的地步。也许，他今天不该送儿子走，儿子待在自己身边，或许能帮助自己渡过难关。有人打他骂他，儿子有能力出面阻挡，甚至能担起落难的家庭重任。想是这么想了，可王超越一声未吭。儿子不走，再遇到冲突，有一方把持不住，就有可能酿成大祸，说不定会把儿子害了。

夜色中的火车站，灯光辉煌，人影幢幢，可人的面孔，却模糊不清。都是行走中的人，都不会刻意展示自己的任何一面，也不会给人留下印象。就此消失在一个集体场合，然后走进另一个陌生的领域，从头开始，这该有多好。王超越并不是多愁善感的人，可今天送儿子启程返校，却感慨良多，又默无声息。进站口，有两队长长的队列，儿子进入队列，然后掉过头，说："爸，我走了，你回去吧。"

王超越没吭声，跟在了儿子身后，也排着队。儿子上大学，他只在刚开学报到的那年送过儿子,以后,他觉得应该锻炼儿子独当一面的能力,再没有送过儿子,就是到新的学校读硕士,也是儿子一人去报到的。父子俩默默无声,可他们都明白他们的心情是沉重的。已经有家不能回,接下来,家庭会不会有更大的变故?他们难以预料,但他们心有隐忧。到了进站口,不能向前了,王超越出了队列。儿子向他招招手,说:"遇到事情,不要硬扛,给我打电话。"

本该自己嘱咐儿子的话,儿子先说了,王超越不自然地说:"没事。路上小心。"然后,他掉过了头。他的两眼热了,泪水夺眶而出。害怕儿子看到他的泪水,他快步离去。

突然,有人怒吼道:"站住!"

王超越吓了一跳,站住了,不敢环顾喊他站住的人,闭上了眼睛。他意识到那一帮要账的人,追他到车站来了。他们以为他到火车站来是准备乘车跑路。王超越心惊胆战地等着那些人来揪扯自己。可是,王超越等了一会儿,没有人靠近自己。骂声、争吵声越来越激烈,可离他还有几米的距离。他这才明白,车站发生了一起与他无关的冲突。他张开了眼睛,在离他不远的地方,几个人正在撕扯一个人。

一个人喊道:"你宋小超还算不算人!"

听到这一声叫喊,王超越浑身一震,惊呆了。宋小超,一个熟悉的名字,但他们没有见过面。他和胡本忠见最后一面,胡本忠不停地说到宋小超。那时胡本忠已明白自己掉进了深渊,无力翻身。宋小超很有可能给胡本忠放了很多贷款。宋小超曾经给予了胡本忠太多的帮助，胡本忠却无法偿还宋小超的债务，把宋小超也拖进了高利贷的陷阱，所以他才说他最对不起的人是宋小超。王超越靠近了那伙人。他想看看胡本忠对不起的人。

"你他妈的想跑路？门儿都没有！"一个人叫喊道。

两个人一人拧着宋小超的一只胳膊，同时一个人另一只手揪着宋小超的头发，另一个人的另一只手揪着宋小超的衣领。宋小超前面的一个人的右手卡着宋小超的脖子，眼珠子瞪得老大。

宋小超说："我不是跑路。我的婆姨在省医院住院，我去看婆姨。"

前面的人说："你有钱给老婆看病，怎么没钱给老子还钱？！"

宋小超说："看病的钱是婆姨娘家出。"

前面的人说："他们有钱能给女儿看病，怎么就没钱替女婿还债？"

"我有那么多的债务，他们就是退休的老干部，能有那么多的钱还你们吗？"

"他们给女儿看病的钱，说不定就是老子的钱。你立马给你老丈人打电话，让他把钱送来。要不我今天弄死你。"

"那你就把我弄死吧。我也活够了。"

"你想死？想死就死！我们要让你死得很难看。"前面的那个人说着，又对提押宋小超的人说："走，到地方再往死里整他。"

接着，几个人拎着宋小超走了。那伙人拉扯着宋小超，向火车站的通道边走去。宋小超不停地挣扎，叫喊着"放开我"，可是无济于事。那伙人将宋小超拖到一辆商务车边，将宋小超塞进了商务车里。不好了，他们把宋小超绑架了。不能见死不救，王超越掏出手机，拨打了110报警电话，称有人遭绑架了，并说了那辆商务车的车牌号。

王超越打过报警电话，就关了手机。要账的电话不时会打进来，近些日子，下了班，或者天一黑，他就关手机。他走了十多里路，回到了大姐的家院。小房里拥挤不堪，炕上身子挨身子只能睡三个人。多少年，睡惯了舒适的楼房，如今睡在小房里，王超越常常是难以入眠。姐姐的呼噜声也会干扰他的睡眠。这样苦不堪言的躲债的日子何时才是尽头？

第二天，王超越刚到了办公室，开开手机，手机就响了。他看了看来电显示，是固定电话号码。他犹豫了一下，还是接通了电话。电话是派出所打来的，警察让他到派出所做一下笔录。他说他正在上班，言下之意正忙着哩。可是警察说，作为报警人，做笔录是应尽的义务。王超越向来遵规守矩，一听说应尽的义务，就离开了办公室，前往派出所做笔录。

在派出所值班室，王超越意外地见到了宋小超。王超越向值班民警说自己是来做笔录的，值班警察问他做什么笔录，他说他是昨天夜晚报警的人，警察今天早上打电话让他来的。警察说等一等。这时宋小超盯了一眼王超越，问：

"你就是火车站看到我被绑架的那个好心人？"

王超越看看宋小超。宋小超感激地望着他，眼睛泛着泪光。宋小超接着说：

"要不是你报警，我也许就没命了。太谢谢你了！"

要做笔录，要去派出所，或许还要当证人，跑法院。自己遇到了一大堆麻烦，够烦恼了，还要替别人的事奔跑！真是瞎操心！王超越后悔打了报警电话，一路上心里不爽快，自己抱怨自己。这时看到宋小超感激涕零的样子，才觉得自己报警报对了。只要能帮助宋小超走出困境，受点儿麻烦没什么。

王超越做完笔录出了派出所的大门，宋小超追出来了。宋小超一定要请王超越到茶馆里叙叙话。大清早的，喝什么茶。王超越不想去茶馆，宋小超死缠不放王超越走。两人来到街道的一个小茶馆。茶馆还没有营业，两人就坐在大厅里的沙发上，聊了起来。

宋小超年近四旬，身材中等，小方脸胖乎乎的，一看就是个好说好动的人。他说他长着一副热心肠，吃亏就吃在热心肠上了。他和胡本忠是很投缘的朋友。胡本忠成了大老板，经常请他吃饭，他们的交往更密切了。后来，他把亲朋好友集资的三百万，投在了胡本忠的公司。一个朋友的同学听说他和胡本忠的关系好，向众人集资了三千万，找他当中间人，将三千万投在了胡本忠的公司。胡本忠进了班房，朋友的同学就找他要钱。合同上明明写着宋小超是中间人，是证人的角色，可朋友的同学说这个中间人其实就是保人，就天天追着他这个"保人"要钱。亲朋好友天天抱怨他，朋友的同学又逼他，他真是生无可恋了。要不是妻子生了病，他早就自我了结了。宋小超的遭遇跟王超越相似，王超越能够理解宋小超的苦衷。他把自己的遭遇也向宋小超说了。宋小超叹息了一声，说：

"报警，看来报警才是最好的选择。那伙跟我要账的人，要往死里整我的人，他们犯法了。他们要不到钱，还把自己折腾进去了。昨天晚上他们就晓得把事情闹大了，找人求我，让我放他们一马。我不管。本来我是中间人，为他们穿针引线，为他们做好事，可到头来他们硬要向我要钱。这次我心软了，他们出来还会和我闹事。他们不讲理。你只是小额贷款公司的员工，他们要不回来钱，就那样欺侮你。你比我还冤。你要报警。"

王超越说："和债务有关的纠纷，警察不管。"

宋小超说："不管你也要天天报警。当时我报警他们也是不管。不管是他们不对。你不但要电话报警，还要到派出所报警，看他们管不管。到头来要是真的出了事，他们警察也得负责任。如果他们要账的行为真的超出了要账的范畴，警察迟早会管的。你看，我这案子，警察不是管了吗？"宋小超说着，自然就说到了昨天夜晚，警察追捕堵截那辆商务车的过程。

那伙人把宋小超拖进商务车，就用胶带粘住了宋小超的眼睛，用绳子反绑住了宋小超的双手。看来他们是早有预谋。商务车刚驶出了主城区，司机就发现有车在跟踪他们，有些惊慌。同学的朋友说不要慌张，想办法摆脱跟踪的车，再把宋小超放了，这样，他们就是落到了警察的手里，也不会构成犯罪行为。司机猛踩油门，商务车的速度更快了。突然，商务车来了一个急刹车，几个人的身子都向前一撞，东倒西歪地倒成了一堆。司机着急地说："前面有警车，看来是在堵我们。"其实，他们几个人都看到了前边有几辆警车，一字排开，车边站着胸前手握枪支的防暴警察，人人头上都戴着头盔，车顶上的警灯不停地在闪烁。朋友的同学喊着让司机掉头。商务车掉过了车头，那辆跟踪商务车的民用小车横在了商务车边。同学的朋友喊着说杀开一条血路。司机撞了一下民用小车，开走了。可是，商务车还没开出两百米，前边又有出现了几辆警车，而刚才堵在前边的那几辆警车和民用小车也追过来了。看来，警察设计好了围追堵截的方案，以瓮中捉鳖的态势，将那伙人捉住了。

听过宋小超的叙述，王超越说："那伙人是蠢猪，弄巧成拙。"

宋小超说："他们不蠢。他们晓得我岳父有上千万的资产，想趁我的婆姨有病，逼着我岳父给他们还钱。"

王超越叹息道："你有活路了，我现在是没路可走了。"

宋小超说："这些天，我虽然觉得生无可恋，可坚决不走绝路。你也一样，要好好地活下去。你不能想不开。你老兄救了我一命，我后半生当牛做马，也要谢你。你走了，我怎么谢你呀？"

宋小超真长着古道热肠的心。

王超越说："说到底，还是因为胡本忠说过你的名字，说你是个有义气的人，我才想到该帮你一把。换了别人，我自身难保，哪还有心思管闲事。说实在的，胡本忠苦害了你，可他内心里非常愧疚。我最后一次见他时，他说最对不起的人是你。那时他的资金就出问题了。"

宋小超说："这胡本忠，人是个好人，厚道人，可做事没收住心，就倒了。"

王超越和宋小超两人互相安慰互相提醒，一说就说到十一点钟。宋小超硬要请王超越吃饭，两人就进了一家小餐馆。吃饭时，宋小超的电话不断响起，可宋小超一概没接，还得意地说：

"是那帮要账的人找人说情。我不会和他们沟通。我好心帮他们放贷，做中间人，他们倒赖上我了，还要往死里整我，我能帮他们这帮没良心的人吗？他们想往死里整我，可如今他们自己把自己整住了。听警察说，他们无理由地绑架人，还扬言往死里整人，就这罪，主犯不坐十年八年牢房，出不来。"

宋小超说着，手机铃声又响起了。

王超越说："让手机这么响也不是个事，你干脆关掉算了。"

宋小超说："婆姨在外地住院，我怕婆姨有个三长两短，不好联系，今天还真不能关这手机。下午到营业部换个手机号码，他们就没办法往通打了。"

王超越和宋小超在小饭馆里每人吃了一碗面。分手时，宋小超要了王超越的手机号，还说有了新手机号，会发给王超越。

二十五

王超越听了宋小超的话，几乎每一个星期，就到辖区派出所报一次案。可是，民警总是那么几句话，经济纠纷的案子，他们没办法处理，劝他到法院去起诉。王超越说这不是经济纠纷，是诈骗案件，非法侵占他人财产的犯罪行为。民警说案件是什么性质不能由他自己说了算。不管王超越费多少口舌，派出所始终没有立案。王超越通过熟人，找过几次法官，可是，法官说他的案子立不起来，理由是他没有大嘴巴男人的真实姓名、住址、联系方式，同时，事实也不清楚。他多方查找大嘴巴男人，却一无所获。要是派出所出面，查找一个人的信息是非常容易的，可是，民警对他的请求置之不理。他托同学去找派出所的人，还约民警吃过一次饭，最终派出所依然以不了了之的态度应付他。

有家不能回，放款要不回来，司法部门拒绝他的诉求，王超越的心情极度地沮丧。他一连一个月没有到岳母家里去过。和妻子的联系，仅仅是在手机上。他处理不了家中的事务，回不了家，没脸去见妻子娘家的人。

五月的一天，他去了岳母家。他看到妻子，大吃了一惊。妻子已瘦得没有原来的人形了。他问妻子怎么了。妻子说胃疼。妻子的胃病是老毛病，可不能一下子病到这种地步呀。他劝妻子到医院查一查。

妻子叹息着说："查甚哩。活得这么难，还不如早些解脱了。"

妻子也想解脱！他们两人都解脱了，儿子怎么办呀？儿子还在上学，尚未成家立业。他们不能放下儿子不管。从那天起，王超越住进了岳母的家里，他要观察照顾妻子。他还担心妻子走绝路。

妻子的身子日渐消瘦，从一百一十斤直降到八十斤。她整天嚷着说胃疼。下午下班回来，躺在床上，连饭都不吃。王超越多次劝妻子去医院检查身体。他说我们不为自己着想，也得为儿子着想啊。妻子说要是检查出是胃癌，她怕就怕死了，检查还不如不检查；不是胃癌，胃病主要靠养护，靠饮食调理。王超越给大妻哥打电话说了妻子的病情，大妻哥才是妻子娘家的主事人。大妻哥过了几天，才给妹妹打了一个电话，以后，再没问过一言半语。大妻哥在外地工作，是单位的一把手。在当一把手之前，和妹妹的感情尚好，经常问长问短。当了一把手，单位的事多，胸怀集体利益，妹妹就不重要了，亲情也不重要了。王超越怀疑妻子的病情不妙，心理负担更加重了。一天，妻子说，她要上市政府大楼顶上，跟霍叙要钱，霍叙不送钱来，她就跳下去。

王超越说："金钱是身外之物，生带不来死带不去。不要为金钱糟蹋自己的生命。"

妻子苦笑道："你嘴上这么说，可心里怎么想的，你以为我不晓得？你整天愁眉不展，睡着了还说梦话，把牙咬得直响。"

王超越说："我是为姐姐的血汗钱苦恼。"

妻子说："我们的钱不是血汗钱？那块宅基地当时我们出了六千块，六千块钱当时也不是小数目。那时的房子也不贵呀，一套两间的两层的独院楼房，才两万块钱。如今那样的房子，都过了百万。我们卖宅基地的钱，其实也是我们的血汗钱。人家欠我们的钱我们要不回来。我们不欠人家的钱，人家却把我们的房子霸占了，你说我们窝心不窝心？"

王超越叹息道："比起我姐姐的钱，我们的钱，来得还算容易。她们能扛，你也没理由想不开。"

妻子说："你说我这个病，真要是有个三长两短，那钱再要不回来，把你再逼出个毛病，我们一家子都完了。我一人死了，把钱要回来，你们还能过上安稳日子。"

王超越说："你比五百万五千万都重要，不管多少金钱，就是全世界的金钱加起来，都没法和你的生命比较。"

妻子说："可我这病，恐怕有问题了。"

妻子不检查身体，是心有隐忧。可是，王超越明白，胃癌早期发现，虽不能治愈，但多活几年是不成问题的。王超越发动了许多亲朋好友，给妻子做工作，劝妻子在医院检查身体。妻子终于同意去医院做胃镜。胃镜结果出来，是胃溃疡。王超越如释重负。

多事的日子，同学也不轻闲。

武德雄打来了电话。经济拖累了饭局，同学们聚会的次数越来越少。见不上面，都会在电话中说一些同学的近况。

武德雄说："常旺宁找到了。"

王超越急忙问："他在哪里？"

武德雄说："还是在西郊的那座山上。"

武德雄说，一个放羊的人，在西山上发现了一副骨殖架子，就报了警。从骨殖架子跟前放的手机和衣服碎片看，骨殖架子就是失踪十来个月的常旺宁。

常旺宁被贷款套牢了，田仕成留下的文书没能为他开脱，所以他只能选择结束生命来解脱自己。自杀是个不错的选择。王超越的日子没法过下去，有人无理取闹地追债，可自己和姐姐的钱又要不回来。他心绪不宁，总在想着自我解脱的办法。王超越曾多次站在办公室的窗口,望着下面,想着只要一跃从六层的市政府办公大楼跳下去,不过两秒钟,一切皆会结束。没有忧愁烦恼,风平浪静,过往的痕迹,终将抹平。在市政府大楼上跳楼,一定能够引起人们的关注。引起人们的关注,大姐和二姐一定能拿到属于她们的钱。他们家的钱也会分文不少地还回来,政府肯定会给他家一笔抚恤金。妻子的后半生不再为钱发愁。唯一缺憾的是,在儿子的婚礼上,没有父亲为他祝福,但那也没甚。时光转瞬即逝,活着的人还要活着,不会时时纠结心中的伤痛。后来妻子病了,也提到从市政府大楼跳下去,他跳楼的念头不再强烈。

王超越和武德雄相跟着去常旺宁家里,看望常旺宁的家人,送别常旺宁。

在路上,武德雄说:"常旺宁走这一步路,其实早就露出端倪了。他先和妻子离婚了,把财产都登记在了妻子和两个子女的名下。他给妻子的说辞是他怕银行起诉他,法院把他们的财产执行给银行。他失踪的前几天,到我们单位上来了一趟,和我说了些闲话。中午,我留他在我们的集体食堂吃了饭。吃过饭,他又到我的办公室坐了一会儿,直到上班时间到了,才离开,流露出不舍的情绪。常旺宁这人你是清楚的,是个粗人,我们很少能看到他忧伤的表情。那天他说如今的人心都坏了,活在一堆人心坏了的人中,没意思。他说平时他常给人家帮忙,不计报酬,出手也大方,到了他遇到困难,人人都躲着他走。我说你有两个有钱的哥哥,再大的债务,只要你提出来,他们都能为你还清。他说自己的事自己担。这是男人的性格。看到他灰心丧气的样子，我还安慰了他几句。我总以为，他的两个哥哥都是大富豪，他不会为几千万块钱自寻短见。他失踪后，我回忆起那天一起吃饭的情景，就有不好的预感。"

小额贷款公司的债务纠纷成了压倒常旺宁的最后稻草？显然不是。小额贷款公司的债务是三角债，他从总账上来看，不欠钱，再说，小额贷款公司从法律上讲已是田仕成一人的公司，债务由田仕成的儿子负责处理。他另外欠一千多万，常旺宁的两个哥哥都在做大生意，资产都超过了几个亿，而且没有受到经济环境的影响，生意仍然做得风生水起，替弟弟支付一千多万的负债，不成问题。他为家族的贡献不小，两位老人都常年住在他的家里，由他照应伺候。没有弟兄会拒绝对他的帮助。那他为什么要寻短见呢？

王超越说："他说他和妻子离婚了，又交上了年轻的女友，虽有债务缠身，可心情不错呀。"

武德雄说："那是他在自吹自擂。谁也没见过他的女友。他那人，遇到困难了，不服软，还爱说大话。他要是张口了，两个哥哥给他凑一个亿都不成问题。我晓得他的哥哥的家底。他这一走，等于在全家人心上捅了一刀子。"

王超越说："他是个粗人，恐怕没这么想过。他大概担心家里的人受他的债务影响，过不上好日子。他死了，家里的财产保住了，两个子女和妻子都能过上平稳日子。"

王超越和武德雄走进常旺宁的家里，凄凉的场面和他们预料的一样。常旺宁的妻子及子女,还有老父老母,都窝在床上,时不时地大放悲声。

王超越看到此情此景,同样觉得心碎。一个人活着与死去,对社会来说,并不重要。一个人的死亡,对家庭来说,却犹如天塌地陷。

常旺宁的二哥常旺本接待了武德雄和王超越。常旺本在外地搞土建路桥工程,虽和武德雄认识,但交往并不多。他们在一间卧室,坐了一会儿。

常旺本说:"我们原以为他和田仕成一起开小额贷款公司,出了事,有田仕成这个大老板顶着,没想到田仕成没顶住。"

武德雄说:"同学们都劝他有困难,向弟兄们求助。同学们都晓得你们弟兄们是有实力的老板。"

常旺本懊恼地说:"我们有实力,可我们没有帮助过他。我们后悔死了。我们弟兄们没尽到兄长的责任和义务。这些天都心里难受得连觉都睡不着。他给我们的家庭帮了很多忙,他出事了,我们谁都没有主动提出帮他走出困境。他那人,看起来常常见甚说甚,其实口贵着哩。他遇到困难,从来没有向我们张过口。他要是张口了,我们弟兄们给他凑两亿三亿不成问题。你们别看他平时没路道的样子,其实心底非常善良,非常爱面子。熟人谁有个事,他能帮的都帮了。他有事,很少向人张口,总是硬往过挺。他当了几年兵,内心里,还是军人的性格。"

王超越说:"这一点,同学们都了解。同学们的车只要出了事故,都是他上手处理的。他从来也没抱怨过谁。"

常旺本说:"正因为他人好,田仕成才和他合伙开了家小额贷款公司。田仕成的初心是好的,想给他创造一个发财的机会。没想到,他们两人都完了。我们弟兄们不够意思。"常旺本说着,两眼流出了泪水,"我想用我的全部家产,挽救弟弟的性命,可是迟了。"常旺本再也抑制不住内心的痛苦,失声痛哭了。

武德雄问:"除了小额贷款的问题,他再遇到甚想不开的事情了?我一直在想,光资金的问题,不是压垮他的最后稻草。"

常旺本用手掌揩了一把脸面上的泪水,说:"我们都没看出来。在他的钱包里,我们看到一张写着人心都坏了的纸条。估计生意烂了,墙倒众人推,他失去了活着的信心。"

王超越的眼前突然出现了韦明亮憨厚的面容。常旺宁曾经对他说:"韦明亮这个人,人厚道,又大方,本事不错,这样的人,值得交往。"当他最信任的人暴露出狰狞的面孔时,他的心情如何?纸条上所说的人心都坏了的指向,肯定有韦明亮。

常旺本问王超越道:"你和他算共过事,一直有交往,你是不是比我们晓得更多?"

王超越说:"他信任的人太多了,可成心捉弄他的人不少。"

常旺本问:"谁想捉弄他?"

王超越没有吭声。他不想提起韦明亮这个名字。想到韦明亮和常旺宁谈话时的那副嘴脸,他就恶心得想呕吐。还有那些歌手,都是奔着常旺宁的钱找常旺宁的。可是,常旺宁一时风光得意,竟然分不清谁是谁了。

常旺本送武德雄和王超越下了楼,走到院子里时,那个王超越不愿记住名字的赵总来了。赵总和武德雄没交往,只握住了王超越的手,声带哭腔地说:"这个常总,怎么说走就走了。"赵总说着,眼睛里流出了泪水。谁也不晓得他是真哭还是假哭。自从上次看到赵总那副幸灾乐祸的面孔,王超越极其厌恶这个人。可是,当他出现在常旺宁的葬礼上,送别常旺宁,还流出了泪水,王超越从心底里觉得赵总还是个有情意的人。

送别常旺宁没几天,又一件偶然命案发生了。

莲莲的丈夫是个煤矿工人,一直想买一辆车,可手中并没有宽余的钱,有几万块钱,埋老丈人就花了两万多块,今年又凑齐了买车的首付款。刚从汽车店提出新车两天,莲莲的丈夫骑着摩托去驾校取驾驶证,在十字路口不幸与小车相撞,殒命事故现场。

不期而至的死亡,再次刺疼了王超越的神经。

如若大姐放贷的钱收回来了,莲莲不用出两万块钱安葬父亲,莲莲早就买下车了。早买了车,她丈夫还能在那个十字路口,与那辆不讲规则的车相撞吗?莲莲丈夫的死亡,又与放贷牵扯上了。

十几天的时间,王超越与肇事司机的家属进行谈判,最终达成协议:肇事司机赔偿莲莲各项费用八十万。然而,八十万块钱,除了死亡埋葬费,都被扣在了交警队。莲莲和丈夫都是二婚,两家为了分割死亡赔偿金,内讧激烈。当初,两家给王超越的谈判底线是七十万,如今多赔了十万块钱,两家却分不成了。王超越建议按交警队划分的方案,再给对方加五万块钱,莲莲不同意。王超越以舅舅的权威，说服莲莲比较容易，可对方却不接受他的调解方案。对方想独吞死亡赔偿金。对方的无理要求让王超越既气愤又感到很无奈。对方既不接受交警队的处理意见，又不向法院起诉，钱扣压在交警队，谁都不能动。

这人都怎么了？为了钱，不讲公理，不讲良心，不择手段。

看到了太多的见利忘义的事件，王超越对刘地成也不放心了。他与刘地成的联系比较频繁，可一直没有要求过刘地成还钱。王超越打通了刘地成的电话。

刘地成未说话先叹气。刘地成说他以房产抵债，还了一些欠款。他也起诉了魏宏，执行回来两套房产，可变不成现金。他还欠着银行的二百万贷款，私人身上就欠王超越的二十万块钱，还有姐姐的八十万。他的小舅子卖了地皮，听说回来了几百万。可他替小舅子还了二百万贷款，小舅子不认账了，还赖着说他吃过那二百万块钱的利息。刘地成赌神发咒地说，他并没有吃过二百万块的利息。他的老丈人也说小舅子卖了良心，可子大不由父管，老丈人管不了小舅子。他对小舅子说："你是不是想把我逼死，再给你姐姐找一个老汉，你再吃上一嘴？你真有那种想法，你如今就把你姐姐卖了。咱们这里有这个乡俗。只要夫家不管，娘家人就能卖自己的女客。"嫁出去的女子不叫女子，就叫女客。小舅子听得明白，可才不管姐夫的喊叫，钱揣在自己怀里，腰直，放心。

刘地成最后说："霍叙欠你的钱，你尽快起诉吧。我给你说，漠北的人，如今身上有钱，都不还债务。人心都坏了，人心都倒了。你就说我小舅子,都对我这种样子,恩将仇报,谁还能对我发善心哩。哎,老同学,你是个大好人,你对我发善心哩。我欠你的钱,你从来没跟我要过。如今像你这样的大好人,真是再难见上了。"

甚是好人?好人就是能吃起亏的人,好人就是逆来顺受打不还手骂不还口的人,好人就是欠人家的钱要还、人家欠自己的钱不能要的人。王超越真不想当这个好人。可是,对叫苦连天的老同学刘地成,他当上了好人。人心都倒了,他的心不能倒。

霍叙有煤矿、有房产、有铺产、有上亿元的地皮,不管他处理了甚财产,都能还上他的钱。霍叙是不是也像刘地成所说的,有钱不还?当过官的人,霸道惯了,唯我独尊,有理没理都是老百姓的天,甚出格残忍的事情都能做得出来。

王超越听了刘地成的建议,决定起诉霍叙。明人不做暗事,他发短信告诉霍叙自己的打算。霍叙回过来短信:老王,经济形势太恶劣,不是我有钱不还。你若是不理解,不管采取合法的非法的手段,我都能理解。自古以来,欠债还钱,天经地义。看到短信,王超越的心又软了。霍叙不是有钱不还,确实遇到了困难。遇到困难,走投无路,就会自寻短见,田仕成和常旺宁就是例子。自己也时不时地冒出跳楼的念头。他不能再逼霍叙了,逼出了人命,他就是要回来了钱,一辈子良心得不到安宁。

星期天,王超越又到二姐家去吃饭,是二姐夫打电话让他过来的。王超越在二姐家意外地看到了大姐。大姐不是跟工,就是捡破烂换钱,一年四季没一天能闲下来,极少上二姐和他的家门。

二姐租住的小房，像大姐住的小房一样，乱七八糟，到处堆放着不值钱的家具和生活日用品，拥挤不堪。有钱没钱，有房子没房子，他们都习惯在这样的环境生活。二姐的小儿子，也在大漠买了一套独院房子。乡里的人，不习惯住单元楼。

二姐夫说："今天叫你来，商量一下放贷的事。"

二姐夫和大姐夫一样，向来不管家里的事务，只顾埋头苦干，尽力挣能挣的每一分钱。王超越明白，放贷的事，两个姐姐不好意思向他施加压力，所以只能由二姐夫出口了。

二姐夫说："莲莲的那口子，说殁就殁了。如今的生活是好了，可走到哪里，都有危险。好好地走着路，就被车撞上了。这世道，也不晓得是好了还是坏了。"

王超越揣摩到了二姐夫说这话的意思。他得给两个姐姐有交代；他不交代，他若有个三长两短，谁都说不清，后事也就难处理了。

二姐夫又说："依我看，你把那个霍叙告在法院吧。有了法院的判决书，不管谁出了甚事情，那账都烂不了。"

二姐夫说得有道理。他不能再为了考虑霍叙的难处，放弃诉讼权利。他应该为这个大家庭负起应尽的责任。

王超越干脆地说："行。"

以前，政府有一条不成文的口头规定：公职人员参与非法集资的放贷，不能起诉，法院不予立案。如今这口头规定自动解除了，不管是谁起诉经济纠纷，法院都能立案。

大姐说："我们一家人，都没做过亏天事，都有老天爷保佑着哩。我们不是不放心你。把那个老板告在法院，这个事对你来说，也是个了结，你的心里也就不用担着这么大的事了。你的婆姨哭着鼻子给我说过，你为这钱都快急疯了。我们宁肯不要这钱，也不能让你有个闪失。咱父母就留下你这么个独苗，你要是有个闪失，我们到了地底下，怎么向父母交代啊。"

大姐是第二次向他说这样的话。大姐说着说着，就哭起来了。大姐的心硬，对任何事情都不服输，都是铁硬的态度。唯有放贷的事上，从来没有抱怨过他。听大姐这么说，看到大姐的泪水，王超越和二姐都想起了已故的父母。二姐也哭了。王超越没哭。他是男子汉，想哭都不能在人前哭。

二十六

王超越找到了浩泽区人民法院立案厅，一看就愣住了。立案厅办公台前，挤满了人，门口的人排着队，一直排到了街道上，有三五十人之多。这样的排队规模，只有在大医院挂号和在大火车站售票厅才能见到。

王超越也跟在后边排上了队。王超越前边的中年人看了一眼王超越，说：

"我看咱这队又白排了。"

中年人前边的年轻人说："我都来过三次了，都白排了。"

中年人说："经济不景气，这法院的生意却好得不得了。法院收的诉讼费，一年肯定超过亿万了。"

年轻人说："如今法院的案子，多数是民间的借贷纠纷案子。要不回来钱，只能把希望寄托在法院了。可在法院打官司，十有八九是赢了理赢不了钱，白出诉讼费哩。"

中年人说："是呀，明明晓得靠打官司要不回来钱，还都往法院跑。放贷的人都绝望了，才往法院跑，可赢了官司更绝望。"

又一个中年人说："是呀。黑心老板把钱都挥霍了，或者早就把财产转移了，法院要执行欠债人的财产，也没有可执行的财产。说良心话，法官也不是成心不想给咱们往回追款，只是没款可追呀。"

这个中年人说完，大家都沉默了。他说的话是事实，大家也明白，可依然要到法院起诉欠债人，因为起诉欠债人，是保住自己的财产的唯一希望。

大家沉默了一会儿，因排队时太无聊，又纷纷诉说要钱的种种辛酸过程，而向前移动的脚步，却很慢。王超越排了一个小时的队，才向前移动了两步。陆续有人过来向立案厅张望，然后走了。王超越的身后再没续上来一个人。王超越前边的几个人，也走了。王超越一直坚守到最后，却没能走进立案厅。

第二天早上，王超越七点钟不到，就来到了法院的立案厅门口，可已经有二十几个人在排队了。昨天见过的那个中年人，也在排队。八点钟上班，王超越排队排到十点钟，才进了立案厅，快下班时，王超越才办完了立案的相关手续。银行中午不下班，王超越到银行交了诉讼费，然后等到两点钟法院上班了，才把银行的打款收据交到了立案厅。收到法院的诉讼收费收据，案子才算正式立起来了。

王超越起诉两件案子。起诉霍叙的案子立起来了，可他起诉那个侵占他家住房的大嘴巴男人的案子，却一次又一次地被退回来了。他天天往法院跑。单位乱套了，人人无心上班，不上班，或迟到早退，什么工作都开展不起来了。为了规范上班秩序，有序开展工作，政秘科办公室门外安了人脸识别器。局长强调：人脸识别器刷不够，就扣工资，或不提拔使用。单位的上班情况有所好转。王超越也天天到单位上班。只不过他在办公室门前的人脸识别器上晃一下，就离开了，到了快下班的时间才往回跑。领导布置下来的工作任务，他常常以各种理由推过了。局长以为他为提拔不上来闹情绪，安慰过他几次。他不吭声，领导爱怎么想就怎么想吧。人到中年，把许多世事看淡了，职务不重要了，金钱也不重要了。他一门心事地想重新回到家里，再把姐姐们的钱追回来。

追款的案子立起来，王超越听到了一个好消息：霍叙持股的石古坡煤矿效益不错，年终肯定能分红。王超越就天天盼望着开庭的日子。

开庭的日子到了，霍叙没有出庭，是他的新助手代他参加庭审的。事实清楚，证据确凿，双方借贷关系不存在争议。霍叙的助手表态道：借钱还钱，天经地义，可霍叙手中无钱，无力偿还。最后法院判决支持了王超越的诉讼请求。法院的庭审看起来挺顺利的，之前王超越没有拜访过法官。法官的公正的审判态度，令王超越肃然起敬。可是，事实上法院的判决只是一纸公文。霍叙对判决并没有任何反应。王超越又申请强制执行。法院立案强制执行。

王超越到执行局查到了案子的执行法官，王超越开始频频与执行法官联系。半个多月的时间，执行法官一直不在执行局，打手机，执行法官说他在外边有事。后来，执行法官在电话中说他把双方叫在一起谈谈。终于见到了叫孙卫建的执行法官，一个笑眯眯的中年男人。王超越和孙卫建、霍叙的助手，坐在孙卫建的办公室，在友好的气氛下谈话。霍叙的助手最多的一句话，就是没钱，还对王超越说："没钱就是没钱，你吃霍叙的肉喝霍叙的血，都没有钱。你说，你让他拿甚给你还钱？！"话都说明了，要钱没有，要命有一条。孙卫建说没钱就不好办了。商谈最后无果而终。此后，王超越再与孙卫建联系，孙卫建推推托托，好像再无力承办这件案子了。王超越隐隐觉得，案子到了执行局，似乎走入了死胡同。一个熟人说，执行局的大案子，必须找执行局长，否则，没有哪个法官动真的去执行。

王超越打通了执行局长陈运先的手机。陈运先表示愿意与王超越见面。执行局并不在法院的办公楼上办公，而是在法院跟前的另一座楼上办公。执行局长办公室却在法院大楼上。进法院大楼要过两道关卡。第一道关卡，是查验身份证，检查身上的携带物品。第二关卡，是在上二楼的通道上安了铁门，铁门把关，不用钥匙开门，谁也进不了大楼。只有与楼上的人通话后经允许，门卫才用钥匙开门放人进去。王超越走进执行局长的办公室，见执行局长办公室还坐着两个人。陈运先说那两人是区上的领导，他忙，不方便与王超越详谈，让王超越找副局长耿华。

耿华是个中年人，长相文静，说话态度和蔼。他说霍叙资产雄厚，不会骗人，目前只是资金链断了。他还说了一大堆霍叙的好话。

王超越谈到霍叙是石古坡煤矿的股东，石古坡煤矿正在营运并有盈利。年终有可能分红，希望尽快下达裁定书，以免霍叙把资金转移了。

耿华要求王超越向他提供石古坡煤矿的全称和法定代表人的名字，并说执行回来部分资金让王超越好生活好过年。

王超越非常受感动。此前，庭审法官在审判过程中和后续的文书出具交接中非常认真，从未拖延过。法院的法官如此认真负责有礼貌，体察民心，王超越能不被感动吗？第二天王超越把写有石古坡煤矿的全称及地址和法定代表人王生伟的材料送给耿华，耿华却不收了，说因为还有人起诉霍叙，将此案定成系列案，而王超越写的东西不需要了，还指责说原办案人孙卫建办案不力，已指定让万斌办理该系列案。耿华说万斌是个年轻人，办案认真，能吃苦。

王超越几次到执行局找万斌，万斌一直不在，最后王超越打电话与万斌联系，万斌短信回复称他在医院看病。王超越又去找耿华谈这个事情。因为时近旧历年的年终，也就是新年的年初，煤矿到了分红利的时间，王超越希望执行局给石古坡煤矿下达裁定书，阻止属于霍叙的分红资金外流。一进门耿华脸色就是黑的，更让王超越意想不到的是，没说几句话，耿华就大声喊道："你出去！"

耿华欲将王超越赶出门。

王超越不明白耿华为甚要向自己发火。

王超越突然爆发了，愤怒地喊道："你让谁出去？我在大漠，不管走进谁的房子，还没人喊过你出去，你算老几哩！我宁肯把钱白扔了，也不受你的这种污辱！走，咱找你的领导去评理。"

耿华一看王超越强硬了，马上变了口气，软绵绵地说："我正在为我们的人生闷气哩，你不要计较。"

王超越仍不能将自己的火气按捺下去，吼道："计较你这种人，不值得！"

王超越吼罢，气咻咻地走了。

王超越不是不计较，不计较他也就不生那么大的气。

王超越心中在大声质问：我们的起诉有何意义？法院的判决有何意义？血汗钱被套，再出一笔数额不小的诉讼费，再耽误时间无数次地跑法院，再看法官的眉高眼低，再听法官的大声呵斥，我们的尊严受到践踏。我们是小老百姓，没有尊严，人格受到践踏就践踏吧。而法律的尊严呢？法律的尊严能够任意践踏吗？谁来维护法律的尊严？谁来保护人民的合法权益？谁来还社会一个公道？

王超越纳闷了，无所适从了。一夜，王超越无法入睡。放出去的贷款要不回来，没欠人家的钱，人家却天天追着要钱，把家都霸占了。他心中有太多的委屈与郁闷，无法诉说。在法院受到污辱，他要喊出来了，他要让公众看到司法机关的真面目。破釜沉舟，他要与法院一较高低。

第二天，王超越给陈运先打电话，陈运先接通电话，王超越说希望与他见面，陈运先说他忙，王超越说在电话上说几句总可以吧？可陈运先把电话挂断了。然后王超越又将电话打进去，陈运先接通后说刚才电话断线，不过他也正忙着哩，说着又将电话挂断，不容王超越多谈。

陈运先不见王超越的面，王超越就见不上陈运先。王超越发了一条措辞不友好的短信，质疑执行局的做法。又过了一天，王超越又发了一条短信，问：陈局长，不知何时何月何年能见上尊贵的局长大人一面。不一会儿，陈运先打电话约王超越，态度不甚友好，以命令的口气约王超越在半小时内到他办公室来。

王超越强硬地说："我在东山，就是飞，半小时也飞不到法院来。"

事实是，王超越就在法院的附近，步行十分钟就能到了法院。准备与法院较量，首回合不能示弱听话。

陈运先口气缓和了，说："你半小时内来不了？反正你来就行了。"

王超越到了法院大楼，跟在一个法官的身后。法官进大楼铁门时，王超越接着就跟进去了。门卫以为王超越是法官引的人，没有阻挡王超越进门。

王超越敲门进了陈运先的办公室。

陈运先正在操作电脑。

陈运先与王超越匆匆见过一面，但他并未真正地记住王超越是谁。他怔怔地看了两眼王超越，似乎意识到来者是谁了，没有搭理王超越，然后继续看电脑。

王超越站立在办公室中间，没有吭声。

又有人敲门进来了，是法官，请局长签字。

那位法官走了后，陈运先身子向后一靠，问道：

"你就是王超越？"

王超越说："对。"

陈运先指着沙发，说："坐。"

王超越坐在了沙发里。

陈运先不高兴地说："你看你给我发那些短信，好像我很对不起你。"

王超越说："那就是我对不起你们了，才受你们法官的气。"

王超越的这句话，含意明显，直击要害。他曾听人说，第一次见法官，法官态度友好，第二次见法官，法官是公事公办的态度，第三次见法官，法官就有脾气了。

尚未开始较量，陈运先几句话下来，态度就变了。

陈运先说："我们晓得你是王石沟村的人，我是陈渠人，咱两个村子只隔着一座山，不到五里地。耿华的父亲在咱们乡上当了多年的干部，后来还当过乡上的书记。耿华就在咱们乡上长大的。都是老乡呀。你就不要闹情绪了。耿华那个人，其实还挺不错的。"

看来，陈运先已晓得王超越和耿化发生过冲突，大概就是王超越昨天发短信后,陈运先进行过调查了解。

王超越说:"我对王石沟很陌生。"

王石沟其实只是父亲的老家。父亲背井离乡,然后在异地生养了他们姐弟三人。王石沟对他们姐弟三人来说,是陌生而遥远的村子,虽然离他们的出生地只有三十来里的路程。他们念念不忘的地方,是他们的出生地。

陈运先又问:"你在咱们那里认识谁?"

王超越说了几个经常交往的人,那几个人和他工作上有交集,所以就走近了。

陈运先说:"我也听说过,你不是在王石沟生的,没在王石沟生活过。可不管出生在哪里,你的根在王石沟。咱们才是真正的老乡。"

陈运先主动和王超越套近乎,这出乎王超越的意料。王超越的愤怒情绪弱化了。不过,他要把事情说明白。而陈运先不容他多说了,表态道:

"我们一定会认真负责地办你的案子。"

随即,陈运先不知给谁打电话,询问能不能把案卷从万斌处取出来,因为万斌已请十天的病假。陈运先也担心不尽早下达裁定书,石古坡煤矿盈利分红后霍叙将资金提走,执行起来就有难度了。既然局长如此关注该案,王超越就放心了。陈运先后来再见到王超越,说案卷被万斌锁住了,取不出来,所以下不成裁定书。

等了一个月之久,王超越听说石古坡煤矿已分红,霍叙已将现金全部提走，着急了。王超越两次发短信向万斌询问情况，没有回复。王超越给万斌打电话，万斌接通了。王超越谈了这个案子的情况，万斌回答说：霍叙的案子只交到他手上一件，形不成系列案，他不管了，要往回退。另外万斌还说他请病假时，还有人拿着他办公室门上的钥匙，不可能因为取不出案卷而无法下达裁定书。那么，为甚没有下达裁定书而让资金流走了呢？万斌无法答复。随后王超越又发短信与陈运先联系，没有回复。如果被告确实身无分文又没有资产，执行起来有难度，这可以理解。老百姓说过，一百条饿狼，也吃不了一个没有的。事实是：石古坡煤矿已分红利，霍叙已拿到现金，这已是有据可查，形成不争的事实。王超越几次向执行局领导提到石古坡煤矿盈利之情况，只要向煤矿下达裁定书，就可冻结分红资金，而执行局领导口头表态下达裁定书，而事后没有行动，这是为甚？为甚本来一件简单的有财产可执行的案子，却如此翻来覆去呢？时间将近四个月了，以案件太多忙不过来为由还能说得过去吗？目前，霍叙给部分借款人还了一些借款，却没有给付王超越一分钱。霍叙有意挑战法律的底线：走法律程序的借款他不还，不走法律程序的借款他才还。法院执行局呢？也很配合霍叙，不履行执行程序，让资金流转走了。这不得不让人怀疑，有人有意或无意地充当起了霍叙的保护人。如果不是有人保护霍叙，霍叙敢如此胆大妄为地藐视法律吗？他是弱智吗？不，他明白得很：他明白只要执行局不执行，他就可以不用还钱了，因为有法律判决这道墙，王超越已不能绕开法院，直接与他要钱了，而执行局又不执行，他不是不用还钱了吗?现在已形成这样的格局:执行局不履行职责,被告有钱也不还原告一分钱。那么,王超越想用法律保护自己的财产,最后法律保护了谁?是不是法院就是只收诉讼费,只走法律程序,审判了,然后强制执行立案后再走一走法律程序,执行局就可以不履行执行职责?如果不是,执行局不执行,是不作为的表现,还是渎职行为?有没有其他见不得人的意图?由于执行局不作为给当事人造成的经济损失又由谁来负责?王超越有太多的疑问和问题,指望法官来解答,能指望上吗?对泽浩区人民法院执行局的法官,王超越是指望不上了。但王超越没有气馁,向陈运先再次发了短信。他想好了,如果陈运先还继续嘴上一套,背后的做法又是一套,那他就走上访之路。官逼民反,民不得不反。

第二天早上,陈运先主动打来了电话。陈运先说他这两天一直在开会,太忙。然后,陈运先约好第二天早上与王超越见面。

又一个的第二天早上,王超越来到了法院。陈运先比上次对王超越更热情,给王超越倒水,和王超越叙家常话。同时,他劝王超越不要着急。去年的红利已经分了,今年的红利还没有分。到了年底,再执行煤矿上的资金。

王超越真想问:今年煤矿要是不盈利呢?煤矿出了安全事故呢?霍叙发生意外呢?他没有问出来。他明白,和法官怄气,带不来任何积极的效果。当务之急,他想把放款要回来,给两个姐姐一个交代。不是他要男子汉威风的时候。

过了一会儿,耿华和孙卫建、万斌都来到了执行局长办公室。

这是一次联席座谈会。陈运先详细地分析了案情，布置下达裁定书的任务。

又是漫长的痛苦的等待。如果法院积极执行，他也就不用再受一年时间的煎熬了。

同学们的年龄差异不大，都年近五旬，子女们陆续结婚办喜事。每一个同学的子女结婚，同学们就要送五百块钱的礼金。同学们人到中年，父母们一个接一个地离开了人间。同学们的父母去世，也得送五百块钱的礼金。王超越经济压力巨大，已无力承受婚筵喜事的礼金。先前，礼金都是二十元，再涨就涨到五十元、一百元、二百元。大漠的经济从顶峰即将跌入低谷之时，礼金从二百元一下子涨到了五百元。交往密切的同学的礼金，涨到了五千元，礼金涨上去了，就不能降。每一次收到请帖，王超越就开始发愁了。人为金钱发愁，为金钱痛苦，为金钱打官司，事业退居后台了。

王超越为金钱发愁，再次萌生解脱的念头。人为钱活着没意思，可是人无钱不如鬼的说法非常正确。常旺宁，一走了之，终于可以安静了。而他活着，除了打官司追债，天天计算着花钱，再没有一点儿活着的价值了。

站在办公室窗前时，王超越时不时地想从大楼上跳下去。备受煎熬，他快要崩溃了。

二十七

办公室的门开着,王超越推门进去了。这些天,进办公室上班的人,几乎只有王超越一人,每天都是他开办公室的门锁,其他人,不知干什么去了。尽管单位使用上了人脸识别器,监督上班,可是前一段时间还有人在识别器上晃晃脑袋,以示正常上班下班。可过了几个月,那人脸识别就不起监督作用了,谁不想来上班,就不来了。大家都明白,就是不上班,到月底局长也不会真心地扣钱。那两个工资真的被扣发了,大多数公务员的日子就没法过了。突然,科长不知从哪里钻了出来,右手指着他,快步走来,大声叫喊道:

"杀——"

王超越吓了一跳,向后退了几步。科长却站住了,两眼大瞪,眼睛里布满了血丝,一眨不眨地瞪着王超越。突然,科长转身跑回自己的位置,一屁股坐在椅子上,气定若仙,像坐禅似的。

王超越的心"突突"发跳,小心翼翼地向自己的座位走去。王超越和科长的位置是前后位置,科长在前,王超越在后。经过科长的办公桌时,王超越绕了一下。

王超越刚坐下,多时不见的小乔也走进来了。科长突然又站起来,冲向小乔,并大声叫喊道:

"杀——"

小乔吓得不轻,大声尖叫起来,然后跑出了办公室,在走廊里尖叫着:"疯子——疯子要杀人!"

这一层楼上有包括民政局在内的几家单位,很多人都听到了小乔的尖叫声,出了办公室,看到底发生了什么事。然而,科长又像没事人似的,坐回了自己的科长位置。王超越意识到,科长精神出问题了。前几天,王超越听小余说,科长先还觉得放出去的钱能收回来,只是吃不上了利息,最近才明白,放出去的钱铁定地是血本无回,心情极度沮丧,近来总是一副生无可恋的样子。小乔叫嚷着科长疯了,统计局的很多人进来了。王超越默默无语,科长也默默无语。难道正副科长都疯了?大家以惊诧的眼神,看看王超越又看看科长。王超越受不了这种眼神,生气了,站起来,没看谁一眼,出去了。王超越刚出门,科长又叫喊起来:

"杀——"

大家终于明白,科长是真的疯了,开始报警并打急救电话。

二十八

有家不能回,放款要不回来,王超越的心情也是郁闷极了。跑法院始终见不到效果,陈运先好言相劝再等一段时间,他只能到单位上上班。科长被送进了精神疯院,小乔、小余两人也是债务缠身,一段时期很少来上班,就王超越一人待在办公室,他的心灵还能安宁一些。离开办公室,他就要想着在哪里吃饭,在哪里睡觉。有时,他就睡在办公室里。

科长疯了,局长下令小余、小乔必须按时上下班,否则就不客气。小余、小乔年纪尚轻,还不敢抗衡局长,开始正常上下班。

星期一的早晨,王超越和小乔、小余都在办公室,小乔和小余讨论分析大漠的经济形势,王超越一声不吭,一边喝水一边看报。突然,办公室拥进来几个男子,一个个气势汹汹。其中,那个大嘴巴的男人也来了。

王超越明白,这几个人是来要钱闹事的。那几个男子进了办公室,不声不响,都坐在办公桌上。

小余质问道:"你们这是干什么?"

那些人不理小余,坐在办公桌上不动。

大嘴巴男人说:"你王超越不给我们还钱,我们就天天在你办公室闹事。还要派人到纪委告你的状。我就不信你不给我们钱。"

王超越愤怒地说:"我不短你们的钱,给你们甚钱?你还私闯民宅,占着我们的家,是犯法行为。"

小余、小乔的公办桌都被那几个男人坐着,站起来走开了。

小余先出去了,出门时对小乔说:"把办公室的东西看好。"其实小余是怕那些人打王超越,留下小乔照看那些人。小余出去就给保卫科打了电话,不一会儿,保卫科长带着五六个保安进来了。

保卫科长进门看到这些人都坐在办公桌上,大声喊道:"你们都起来,出去!"

大嘴巴男人说:"我们是来向王超越要钱的。"

保卫科长说:"要钱也不是你们这个要法。"

大嘴巴男人说:"我们只能这么要了,再就没办法了。要了一年多,他还分文未给我们。他起诉了别人,要到了钱,连一分钱都不给我们还。"

保卫科长大声喊道:"你们也可以到法院起诉他。"

大嘴巴男人说:"能起诉他,我们也不到这里来了。"

保卫科长在上楼前,就给派出所打电话了,派出所就在市政府办公大楼左侧,接到电话很快就上来了。民警发出了严厉的警告:"这是市政府的办公场所,再不走人,就把你们关起来。"

大嘴巴男人不服气地看了看警察,气咻咻地先走了,其他几个人也跟着大嘴巴男人走了。

下午上班,王超越和小乔、小余先后进了办公室,都还没把椅子坐热,那几个人又进来了。这次他们坐在了沙发上,不说话,不停地吸烟。王超越当着那几个人的面,给保卫科打了电话。保卫科长又很快带着人上来了,随后民警也进了门。

大嘴巴男人说:"我们就在这里等王超越下班,这该不犯法吧?"

看来,他们想好了对付保卫科的一套方法。

保卫科长问:"你们是怎么进大门的?外人进大门,都要登记,你们不登记进来,也是不对的。"

大嘴巴男人说:"不要吓唬老百姓了。政府的门,老百姓就不能进来?笑话。我给你说,这个院子我有很多熟人,随便坐一辆车,不用登记就进来了。你们管不住。我给你们说,只要王超越不还钱,我们就天天来这里上班。他王超越不还钱,就是给我们再打张借据也行。"

王超越真要打借据了,他们就能起诉王超越了。可是,王超越从来没有拿过他们的钱,王超越就不可能给他们写借据。他们的想法太天真。他们咬住王超越不放了。他们认为,王超越是他们唯一能咬住的人。

他们不放过自己,霸占了房子,还追到单位上不肯罢休。他怎么办?他怎么活人?王超越既痛苦又愤慨,神经绷紧了,精神快要崩溃了。

王超越沉默不语,谁也没有看出王超越精神到了暴发的临界点。

民警好说好劝,督促要账的人早些离开,要账的人就是坐着不动。

保卫科长出去了。很快,保卫科长和局长一起进来了。

局长说:"大家都先平静一下。我才听到这个事情。我还不晓得具体情况。你们给我一点时间,我先和王超越沟通交流后,再给大家一个说法。走,王超越,到我办公室谈吧。"

王超越跟着局长进了局长办公室。一个要账的年轻人也跟在了王超越的身后。他防止局长和王超越演一出金蝉脱壳的戏。

在局长办公室,王超越把小额贷款公司的情况和自己的遭遇说了一遍,局长有些不相信。

王超越突然情绪失控了,两眼流出了泪水,叫喊道:"我要是说了半句假话,就不是人!我都被他们逼得没活法了!"说着,王超越失声痛哭了。

局长问:"那你怎么不早说呀?"

王超越说:"他们霸占了我的家,我不知跑了多少次派出所,找过无数次民警,他们都说由经济纠纷引起的争执,没伤到人身,他们就不管。"

局长怒吼道:"这是经济纠纷吗?怎么就没办法立案?坏人无法无天了!司法机关也是无法无天了!"局长怒吼罢,又质问道:"你为甚不早给我说呢?"局长也是感到忍无可忍了。

王超越又痛哭开了:"我都混到这种地步了,还有脸向单位的人说?他们要是不来单位里闹事,我死也不能让你们晓得。我就是为了两个小钱,才当了兼职会计;我就是为了吃人家的利,才放出了自己和姐姐的钱。我本身就错了,我有甚脸面给你们说?!"。

局长喊道:"你都被人逼到这种地步了,还讲甚脸面?!"

突然,局长办公室的门被撞开了,那几个要账的人闯进来了。是那个跟在王超越身后要账的人,返回去给同伙说过后,和同伙一起来了。他们商量好了,要把事情越闹越大,甚至要惊动市长。要不到钱,他们都失去了理智。

局长质问道:"你们要干什么?"

那伙人齐声喊道:"要钱!"

家被人侵占了,自己放出去的钱又要不回来,这伙人还没完没了地来单位上无理取闹,王超越终于忍不住了,死的冲动暴发了。他一下子跳上了办公桌,扑过去往开拉窗子玻璃。局长意识到情况不妙，探身拉住了王超越的腿，王超越用力一扑，身子已经跃出了窗子。局长大声喊道："快来给我帮忙！"

那几个人被王超越突如其来的举动吓坏了，都愣住了。局长一人拽不住王超越的身子，王超越的身子已完全悬在了空中。几个保安和民警进来了，扑上去，帮着局长，牢牢地拽住王超越的腿。

王超越却挣扎着要往下坠，还在嘴里喊着"我要死"。田仕成不是死了吗？常旺宁不是死了吗？他们死了，自己为甚就不能死？死没甚可怕的，死了就一了百了了，不用再受人间的痛苦折磨。他也要像田仕成所说的，睡觉，长睡不醒。

王超越不配合，人们拽不上来王超越。下边大门上的保安看到六楼上的窗口挂着一个人，急忙打报警电话和急救电话。政府大院出事了，消防车和救护车没十分钟就赶到了。

市长正在顶楼上的会议室开会，听到警笛声和汽笛声，还有乱哄哄的嘈杂声，也跑出来了。

消防车的云梯架上去，才把王超越救下来。

市长怒了，宣布道："现场的有关人，一个也不能离开。我要现场办公。"

市长派人把局长叫到了办公室。局长把王超越的情况说了一遍，还忘不了夸王超越："王超越是局里的业务尖子，可从不争高论低，四十几岁了，还是一个副科长；他不谋私利，任劳任怨，真是一个好干部啊。他一年多来受了那么大的气，一声不吭，天天准时到单位上班。要不是那些人到单位来闹事，我们谁都不晓得他遇到了这么大的劫难。我听到王超越的遭遇，直想哭鼻子。这样的一个人，让这帮人欺负得真是活不成了。王超越不晓得跑了多少回派出所，报了多少回警，可就是没人管。我们的干部受了这么大的气，怎么就没人主持公道？司法部门是吃甚饭的！"局长是个精明人，只有把王超越说得更好，把司法办案人员骂得更凶，他才能免责，甚至能在市长面前树立起爱民如子的好领导的形象。

市长立即给兼政法委书记的市委常委打了电话，两人协调，调公安局、检察院、法院三方的办案人员和领导，集体到市政府会议室现场办公。

一个小时后，公检法三方的人员到了市政府。

现场办公会议在市政府的会议室召开，由法院的副院长主持。

那几个要账的人明白自己闯下祸了，乖乖地坐在了会议室。

王超越被两个民警带到了局长办公室。王超越躺在局长的单人床上，两眼流着泪水，一言不发。王超越的妻子来了。小余又以最快的速度把王超越的岳父岳母用小车接来了，随后小乔按王超越妻子给的电话号码，联系王超越的两个姐姐，接她们过来给王超越宽心。小乔去了飞机场，接正在坐飞机从省城往回赶的王超越的儿子。王超越的精神完全崩溃了，需要亲人去抚慰他的心灵。大家都明白，王超越一年多来经受了这么大的打击和污辱，万念俱灰，真的不想活了。

会议室里，法院、检察院、公安局的办案人员和相关负责人，端坐在椅子上，气势威严。十多个民警，分两排站在门口，虎视眈眈地盯着要账的人。会议室里弥漫着杀气腾腾的气息。几个要账的人，被这种气氛吓呆了。

局长首先代表王超越，介绍了王超越与要账的人，在这一年多时间里发生纠纷的过程。

法官问那几个人是不是事实，那几个人都没有吭声。

法官让那几个要账的人把借据拿出来，要账的人都说没带。

法官大声说："要账不带借据，我看你们是成心来市政府扰乱公共秩序的。"

检察官指派民警带着他们回家里去取借据。要账的人一致推说不好找。法官说如果不出示借据，今天三方协同办案，立即以严重无理扰乱公共秩序罪、寻衅滋事罪拘留他们。那几个人傻眼了。最后，那些人都在民警的带领下，回家取来了借据。

几个人的借据上的签名，都是常旺宁的签名和常旺宁的印章，借据上还盖着小额贷款公司的公章。

法官大声质问道："借据与王超越无任何关联，你们为什么无理取闹？你们长期以来讹诈他人，私闯私占民宅，寻衅滋事，扰乱办公秩序，是违法犯罪行为。另外，据我们所知，常旺宁也是被你们这伙人逼得走投无路，自杀了。"

大嘴巴男人说："我们没逼常旺宁，是他自己想不开要死的。你们说，两个老板都死了，我们不跟他这个第三把手要，我们的钱不就打水漂了？"大嘴巴男人说着，就哭起来了，接着说道，"我们的钱是血汗钱，都是亲戚们的钱。我们一家就放出了三百多万块钱呀！我们要不来钱，心里着急啊！我们一辈子没法过了啊!"

大嘴巴男人,一直代表着这伙人表达意见。看来,他是要账的策划者和组织者。

法官说:"今天你们没逼王超越吗?你们找常旺宁要钱,有一些道理。可是,你们找王超越要钱,就是在讹诈王超越。王超越是小额贷款公司的员工,不是股东,小额贷款公司还不还你们的钱,与王超越没有任何关系。这个最起码的常识你们都不懂?我给你们讲个简单的道理。我们法官判错了案子,追究责任时,要追究法官的责任,可不能追究书记员的责任。书记员只是记录审判和判决过程的人。再比如说,我们把错判的人送进了监狱,纠错时就不能追究监狱的责任。监狱的职责是照看犯人,不是给犯人定罪的人,怎么追监狱的责任呢?再比如说,我们把一个人判了死刑,后来发现错判了,但人已经枪毙了,我们能追究射击手的责任吗?我不知道,这些简单的道理,你们是真不懂还是假不懂。我给你们说,王超越在小额贷款公司的角色,和那些营业员的角色是一样的。你们和王超越要钱,就是欺负讹诈王超越。我把事情给你们解释清楚了,你们以后再不能说你们不懂。"

大嘴巴男人说:"那你说我们的钱就这么白白地扔了?"

法官说:"我再一次告诉你,钱扔不扔与王超越无关。"

法官与身边的副院长耳语了两句,副院长点点头。然后副院长又对公安局的副局长耳语了几句,副局长点点头。随即,副局长招手把派出所的所长叫到跟前,吩咐了几句。派出所所长出去了,会议室里一时静悄悄的。

派出所所长再次回来时，宣布了对几个要账的人进行行政拘留十五天。那几个要账的人愣住了。几个民警立即上去给几个要账的人戴上了手铐，然后所长拿出行政拘留通知书，让他们签名字。

大嘴巴男人叫嚣道："你们在冤枉好人！你们把我们放出来，我们就到北京去上访！"

法官对几个要账的人说："不要喊叫了，没用。犯没犯法，要用证据说话。请你们放心，我们一定要把你们的案子办成铁案，经得起时间的考验，也要经得起任何人的质询。你不服气，我就把话说明了，也许，对你们的处罚，可能不只是停留在行政拘留的处罚。你们讹诈他人，长期私闯占据民宅，寻衅滋事，扰乱办公秩序，是严重的违法犯罪行为。现在就要看有没有从轻处罚的情节。那个侵占王超越家一年之久的人，你要有个心理准备，准备多坐几天牢房。我说的是几天，其实可能是几个月或者几年。"

大嘴巴男人喊道："不服！你们冤枉好人。我就不信没有老百姓的活法了！"

公安局副局长冷冷一笑，说："让你这种人逍遥法外，才真正是没老百姓的活法了。你长期侵占无辜老百姓的住宅，不是事实吗？你连续几天，到办公场所寻衅滋事，不是事实吗？你和王超越要钱，只能说明你们是黑恶势力，再说明不了什么。目无法纪，为所欲为，还有甚脸说受冤枉了！有话，下一步，你就在法庭说吧。"

公安局副局长说罢话,向民警挥了挥手,民警把那几个人押走了。

公检法三家司法机关,商讨对几个要账的人的处理意见。公安局副局长说:"对这种人,要实行严厉地打击。坚决地扼制他们的嚣张气焰。"

检察院副检察长意味深长地说:"他们也是受害人。"

统计局局长愤愤地说:"他们是受害人没错,可他们没失误吗?有!他们爱钱爱疯心了,才不考虑风险,放高利贷。让他们受害的人是田仕成和常旺宁,不是王超越。他们受害了,就可以把一个无辜的人欺负得走投无路?我觉得他们罪责难逃,应该狠狠地打击。看他们敢不敢再频发戾气了。真是无法无天了。王超越这么好的一个人,我都没有批评过他一句。他们这么欺负人,还叫王超越怎么活!"

法院副院长说:"这个案子,我们要慎重对待。这是市长抓的案子,我们还要向市长汇报。"

随后,法院副院长宣布现场办公会散会。

二十九

信贷危机突然而至,来势汹汹,追债、逃债、跑路、自杀……然而,危机总是有尽头的,挺过来的人,又步入了正常的生活轨道。经历了三年低谷的煤炭行业,经济效益又开始飙升,短短几个月时间，煤炭价格涨了一倍。作为包括优质煤炭、天然气和石油的能源之地，被称为小科威特的大漠，经济增长再次强劲起来，一部分放贷的人收回了贷款。田仕成涉及的产业是房地产，房地产没有像煤炭那么快的价值增长，但他的儿子还是处置了资产，还清了包括常旺宁所欠高利贷的本金，利息那些放贷人放弃了。假如田仕成和常旺宁挺过来了，他们的日子依旧会过得风生水起，可是没有假如。给胡本忠那样的人放贷，就没有给田仕成放贷的人那么幸运了。胡本忠集资的二十多亿资金，在银行贷了十亿，总共三十多亿，一部分被挥霍了，一部分投资失败了，剩余资产不足十亿，那些资产一时还无法变现，所以大多数放贷者血本无回。关在监狱里的胡本忠，分别给比较大的债主写了一封信，其中也有给常旺宁和王超越的信。他尚不知道常旺宁已奔赴黄泉。他在信中承认自己把持不住，害苦了很多人，良心受到了谴责，深感愧疚。同时，他认为自己也是受害者。他说为数不少的贪官，拿了他的数亿元人民币，其中一个贪官为了职务的升迁，让他给更大的贪官送了一个亿。贪官升迁了，贪官当初的承诺并未兑现。他曾想揭露贪官，但死亡的威胁随之而来。他什么都不能说了，静等法律的判决。假如判他死刑，他什么都要说，判他无期徒刑，他不会吐真言，将在劳改场苟且偷生。王超越看到这封信，觉得胡本忠既是向债主道歉，又是向拿他钱的贪官下通牒，如果贪官不救他于危难之中，他将拽着贪官一起走向毁灭。放贷的阴霾依然笼在头顶，看过胡本忠的信，王超越想见胡本忠一面，想了解胡本忠为什么背负二十多亿的债务，仍然想偷生的理由，怎么调整自己的心态。可是，胡本忠的判决没有出来，王超越并无探监的可能。胡本忠与外界的一切联络，都是被禁止的。可是，胡本忠写的那些信，是怎么寄出来的？是胡本忠原来的一些人脉起作用了。

二〇一六年年底，在法院执行局的协调下，霍叙偿还了王超越的贷款本金，利息付了不足约定数额的三分之一，和那些血本无归的放贷人相比，这是一个很不错的结果了。大姐看到还回来的钱，先是愣住了，接着泪流满面，失声痛哭起来。王超越看得心酸心痛，双眼潮湿了。二姐收到钱款，高兴得又说又笑，过了几天，还打电话给他说她睡着了还在笑。

王超越在家休养了几个月，终于又上班了。小乔稳妥了一些，能够安安静静地坐在办公室里。据她讲，她家损失了几百万资金，但日子是还能过得下去。小余和亲戚损失了三十万，小余说他年轻，还能翻过身，只有科长崩溃了，精神状况时好时坏，经常跑医院。科长的科长职务被免了，王超越终于上位当了科长。

当了科长，王超越每天都准时上下班，但他心灵的创伤依然没有愈合，人是闷闷的，不苟言笑，却又非常敏感，别人随意投过来的一个眼神，他都觉得是对自己的嘲弄。毕竟，他曾在他上班的地方跳过楼，不是什么光彩事，而且市政府大院上班的人无人不知。

春节过后的第一个上班的日子，他刚走进办公室，宋小超打过来了电话，要请他吃饭喝酒，感谢他对他的帮助。要不是宋小超打来电话，他把宋小超都给忘了。他们本来并不熟悉。那次偶遇后，他在派出所做过笔录，也在宋小超被绑架的案子中出庭做过证。交往不多，但事实上他帮了宋小超的忙，宋小超记着他的见义勇为，债务关系厘清后，就宴请他了，而且态度诚恳，说他和他将是终身的朋友。他没有推辞。

三十

　　星期六早上，王超越刚开开手机，就接到了陈扬的电话。陈扬到了阳光县当县长后，他们之间的联系渐渐地少了。陈扬每遇星期天，才会回到大漠的家里，可是，一星期回一次家，人家要和家人团聚。王超越有半年多的时间没见过陈扬了。陈扬在黑夜给他打过一次电话，问刘地成的电话号码。后来他又在黑夜给陈扬打过一次电话，陈扬没接，以后陈扬也没有回过电话。陈扬在官场步步高升，他还几乎站在原地不动，他们的差距越来越大，他已感觉到和陈扬的交往有困难了。陈扬问王超越忙不忙，不忙的话到光景公园散散步。光景公园在开发区，离王超越的家比较远，王超越听说过没去过。王超越很快坐出租车到了光景公园。人们手中无钱，正如小面馆的那个小老板说的，能省一分钱就省一分钱，坐出租车的少了，出租车的空座率非常高。

　　王超越在光景公园外的大道上刚下了车，就遇到了韦明亮。韦明亮是要坐出租车的，看到王超越，没上车。

　　韦明亮首先说："王总，你好！"

韦明亮依旧是那副憨厚的神情。

这是一个王超越不愿看到的人，可是王超越礼节性地问："你在这里做甚哩？"

韦明亮得意地说："市文广局要在光景公园搞一个演出活动，我负责组织。"

韦明亮穿着藏蓝色的羊绒短大衣，双手叉腰，气质高贵，盛气凌人。

王超越早就看出了，韦明亮想讨好人的时候，说话木讷，浑身软绵绵的，连身子都直不端。当他要发威的时候，身子端立，精神抖擞，大有一口吃掉人的气势。

王超越突然发现，韦明亮身上穿的这件藏蓝色羊绒短大衣，正是当初常旺宁给他们两人买的羊绒短大衣，一件羊绒短大衣就出了一万多块钱。王超越拿到羊绒大衣后，一直舍不得穿。常旺宁去世后，他也不忍心穿。

王超越没说话。

韦明亮笑哈哈地说："啊呀，我没想到，常旺宁会死在我前边。真是报应。"

这个人不但无耻，而且心里阴暗歹毒。王超越真想照着这厚厚的嘴唇，狠狠地扇两巴掌。

韦明亮看出王超越的不快的表情，说："你王超越也不是跳过楼吗？田仕成也自杀了。和常旺宁打过交道的人，都不会有好下场。只有我是例外，我越活越好。"

王超越的怒火从眼中喷出来了。

韦明亮挑衅地说："你想打架吗？试试吧。告诉你，你这样的两个人，都不是我的对手。算了吧。好在你是政府的公务员，我就不跟你上手了。不过，我告诉你，是我告诉那些人，你放出去的贷款快要回来了，他们才追着向你要钱的。"

王超越一听这话，脸色气得铁青。

韦明亮说罢，得意地一笑，又一甩头，就转身走了。藏蓝色的羊绒短薄大衣，随着韦明亮的铿锵有力地走动，坠坠地摆动着，韦明亮更显得风度翩翩。

世界怎么还会有如此无耻的恶毒的要钱不要脸的人！王超越身子一软，坐下来了。两个月多来，妻子、儿子、岳父、岳母、姐姐不停地在规劝他，他才走出死亡的阴影，精神状况渐渐地恢复了。但他出入市政府大院，还是抬不起头。他等于在鬼门关里走了一回。今天遇到这个禽兽不如的人，是推他进鬼门关的推手。他要是死了，他又会高兴地说王超越怎么就死在了他前边，吹嘘他的命硬，能克死自己的对手，用这种卑劣的手段威吓他人。王超越想，他要是再不想活了，应该先杀掉这个人再去死。

"你到了，怎么坐在这里一声不吭？"

身后传来陈扬的声音。王超越平息了一下愤怒的情绪，站起来。

陈扬望着王超越的面容，说："你的脸色不太好看。怎么了？"

王超越勉强笑了笑，说："没甚。"

三月，天气温和，气候宜人。王超越和陈扬走进了光景公园。

陈扬沉着冷静，说话极为讲究，高傲的气势在浑身上下时隐时现。这就是一个县长的派头。县上有那么多的人围着他转，他想平和都难。

陈扬说："这里安静，我喜欢在这里散步。"

王超越叹息着说："我混得这么差，连散步的心情都没有。"

陈扬一怔，叹了一口气："你以为谁混好了？武德雄是咱们同学中混得最好的人，当一把手当得最早，还不是栽了？"

王超越一惊，问道："武德雄怎么栽了？"

陈扬也是吃了一惊："同学出了这么大的事，你还不晓得？"

王超越摇摇头。自身难保，有甚心情了解外边的消息。每天到市政府上班，他都是低着头进大门。

陈扬说："武德雄被逮进去五天了，我想看他，看不上。毕竟同学了一场。他的问题要是都查出来，还不晓得能不能保住身家性命。"

一个贪官关起来了，官场之中的人唯恐避之不及，哪怕是曾经的好友。陈扬还想着要看武德雄，说明陈扬还不是官场的势利之人。

经常在一起相聚的同学，走的走，关的关，死的死，到了散伙的地步。王超越说不出自己心里是甚滋味，只感到胸中郁闷，无限惆怅的情绪笼罩了全身。

陈扬说："你现在的状况不错，不担心不操心。我给你说呀，以后遇到事情，不要再胡思乱想了，安安稳稳地过日子。有甚困难，你给我说。能帮上你的忙，我肯定会尽最大的力量帮助你。

你这人，最大的缺点，就是遇到困难不向亲朋好友开口。有些事，你自己是扛不住的。扛不住，就会出事。"

陈扬今天约他出来，就是为了安慰他的，他内心里是非常感激的。其实，这些天，经历生死的瞬间，经历过妻子的病危，他想开了。放贷的钱要回来了，给两个姐姐交代了，后半生，他需要忘掉以前的不痛快，平平静静地过日子，安享生活的乐趣。

陈扬的手机响了，陈扬边掏手机边说："我们的手机，一天二十四小时不能关机。要多烦有多烦。"

陈扬看了看手机上的号码，脸色沉下来了，说："吴艳的电话。"

陈扬接通电话，吴艳说她刚下飞机，问陈扬在不在大漠，希望陈扬接她一下，送她到武德雄家里走一趟。

陈扬愣了一愣，说："我在县上。我看哪个同学能有时间接一接你。"陈扬说罢就挂断了电话。

王超越不满地看了一眼陈扬，说："人家大老远地回来，你明明在大漠，怎么说在县上？"

陈扬说："吴艳要去武德雄的家里，你说是为甚？武德雄想到省农行当副行长，托吴艳找过人。你说武德雄的委托是白委托的吗？你想想，吴艳找上面的人，也不是白找。武德雄关起来了，吴艳现在要到武德雄家里去，是在灭火哩。我是县长，不能搅在这种事中，所以我不能送她去武德雄的家里。"

陈扬的嗅觉是灵敏的，哪怕是要他作证，都对他有负面影响。

陈扬问："你是不是开车接一下吴艳？"陈扬说罢笑了笑又

说,"她曾是你的梦中情人。"

王超越说:"我的车卖了。"

陈扬说:"你打出租车接一下,把她送到武德雄家的大门口,就不要管了。你对她说我正从县上往回赶,下午同学们一起设宴招待她。记住,路上不要和她说任何关于武德雄的话。就是她要说你也不要回应,就当你还不晓得武德雄被关起来了。等她去罢武德雄的家,就甚都能说了。"

陈扬说罢,就和王超越分手了。

王超越想了一会儿,给小乔打电话,请小乔代他到机场接一下同学吴艳,并安咐说:"她要到哪里你就送到哪里。"

小乔从机场接到吴艳,到武德雄家去了一趟,然后送吴艳到一家大酒店下榻。下午,陈扬和王超越一起开车,将吴艳从住宿的酒店接到聚餐的豪泰酒店。路上,他们三人谁都没有说到武德雄的名字。

参加宴会的同学到齐了,尚未坐满一桌。缺了武德雄,缺了那个爱嬉闹的常旺宁。

往日,武德雄是主角,安排座次,吃吃喝喝,推高聚会的欢乐气氛。常旺宁是配角,插科打诨,玩起来不要命,助推同学们聚会的气氛高潮。缺了这两个人,同学们聚会的氛围不一样了。

陈扬坐在上首,首先站起来向吴艳敬酒,老调重弹:"欢迎尊贵的县长吴艳同学,经常光临到同学们的中间。"

吴艳和陈扬碰过杯后,坐下说:"每次回来,见到同学们,我就觉得自己身在他乡,孤苦伶仃。退休后,我想回到家乡。"

陈扬说:"你那口子会回来吗?对于人家来说,来到咱们的家乡,也是身处异乡。"

吴艳大学毕业,远嫁他乡,然后走上从政的道路。

吴艳淡淡地一笑,说:"这就是横在我们面前的一道难题。咱们这里有句俗语:嫁鸡随鸡,嫁狗随狗。"吴艳说罢,又笑了,笑得有些勉强。

吴艳脸上每次流露出来的笑意,都是装出来的。大家看出,吴艳似乎有心事,或者说心有隐忧。不过,一个县长,练就了搏击风浪的本领,在同学面前,该吃就吃,该喝就喝,该说就说,不会影响同学聚餐的节奏。

吴艳说:"王超越啊,你怎么像变了个人似的?这次见到你,你没说过一句话。"

王超越已不是从前的王超越了,不管走到哪里,闷闷的,话极少。学生时代心仪的人坐在面前,也激不起他心中的一丝情愫。王超越勉强一笑,说:"是吗?我都忘了我说过话没有。"

聚餐的过程平和雅静,缺少了往日的热烈气氛,稍显沉闷。大家谁都没有说起武德雄和常旺宁。其实,同学们还是挺怀念常旺宁的,也在心里念想着武德雄。毕竟,他们曾是同学中最活跃的人物,给大家带来过欢乐。可今天在喜气色彩浓重的宴请的聚餐中,不能说太过沉重的话题。

散了,从酒店出来,同学们各奔东西,回归属于自己的领地。王超越独自行走在华灯闪烁的大街上。车流密集,缓缓蠕动,像漂移,盯着看,头都晕了。可此时的王超越,自以为头脑格外地清晰。他想起了常旺宁在夜色中孤独的、摇摆的身影。

王超越想起了常旺宁的家人号啕大哭的场面，接着耳边响起了大姐的那句话："咱父母就留下你这么个独苗，你要是有个闪失，我们到了地底下，怎么向父母交代啊？"一个小人物死了，刺痛的是家人，对社会来说，如一缕轻烟，在人们眼前一晃，就不声不响地消散了，过上一段日子，连饭后的谈资都不是。他想是这么想了，但笼罩在头顶的要账放贷的阴霾，依然挥之不去。他自己都害怕，有一天再次精神崩溃，扼制不住跳楼的念头，一跃从楼上跳下去。

图书在版编目（CIP）数据

浮尘 / 庞文梓著. -- 北京：作家出版社，2024.3
ISBN 978-7-5212-2674-4

Ⅰ.①浮… Ⅱ.①庞… Ⅲ.①长篇小说-中国-当代 Ⅳ.①I247.5

中国国家版本馆CIP数据核字（2024）第017909号

浮　尘

作　　者：庞文梓
责任编辑：桑良勇
装帧设计：周思陶
出版发行：作家出版社有限公司
社　　址：北京农展馆南里10号　　邮　　编：100125
电话传真：86-10-65067186（发行中心及邮购部）
　　　　　86-10-65004079（总编室）
E-mail:zuojia@zuojia.net.cn
http://www.zuojiachubanshe.com
印　　刷：河北京平诚乾印刷有限公司
成品尺寸：142×210
字　　数：153千
印　　张：7.25
版　　次：2024年3月第1版
印　　次：2024年3月第1次印刷
ISBN 978-7-5212-2674-4
定　　价：50.00元

作家版图书，版权所有，侵权必究。
作家版图书，印装错误可随时退换。